U0081421

馬華文學批評大系：潘碧華

Malaysian Chinese Literary Criticism : Fan Pik Wah

潘碧華著

by Fan Pik Wah

元智大學中語系　二〇一九年二月

Department of Chinese Linguistics & Literature,

Yuan Ze University, Taiwan.

馬華文學批評大系：潘碧華

主　　編：鍾怡雯、陳大為
本卷作者：潘碧華
編校小組：江劍聰、王碧華、莊國民、劉翌如、謝雯心
出版單位：元智大學中國語文學系
　　　　　桃園市中壢區遠東路 135 號
電　　話：03-4638800 轉 2706, 2707
網　　址：http://yzcl.tw
版　　次：2019 年 02 月初版
訂　　價：新台幣 320 元

Malaysian Chinese Literary Criticism : Fan Pik Wah
Editors : Choong Yee Voon & Chan Tah Wei
Author : Fan Pik Wah

國家圖書館出版品預行編目（CIP）資料

馬華文學批評大系：潘碧華 / 潘碧華著；
鍾怡雯, 陳大為主編. -- 初版. --
桃園市：元智大學中文系, 2019.02　面；　公分

ISBN 978-986-6594-43-4(平裝)
1.海外華文文學 2.文學評論

850.92　　108001111

總序：殿 堂

翻開方修（1922-2010）在一九七二年出版的《新馬華文文學大系（1919-1942）‧理論批評》，當可讀到一個「混沌初開」、充滿活力和焦慮、社論味道十足的大評論時代。作為一個國家的馬來亞尚未誕生，在此居住的無國籍華人為了「建設南國的文藝」，為了「南國文藝底方向」，以及「南洋文藝特徵之商榷」，眾多身分不可考的文人在各大報章上抒發高見，雖然多半是「赤道上的吶喊」，但也顯示了「文藝批評在南洋社會的需求」。[1]

這些「文學社論」的作者很有意思，他們真的把寫作視為經國之大業、不朽之盛事，披荊斬棘，開天闢地，為南國文藝奮戰。撰

---

[1] 本段括弧內的文字，依序為孫藝文、陳則矯、悠悠、如焚、拓哥、（陳）鍊青的評論文章篇名，發表於一九二五～三〇年間，皆收錄於方修《新馬華文文學大系（1919-1942）‧理論批評》一書。此書所錄最早的一篇有關文學的評論，刊於一九二二年，故其真實的時間跨度為二十一年。

寫文學社論似乎成了文人與文化人的天職。據此看來，在那個相對單純的年代，文學閱讀和評論是崇高的，在有限的報章資訊流量中，文學佔有美好的比例。

年屆五十的方修，按照他對新馬華文文學史的架構，編排了這二十一年的新馬文學評論，總計 1,104 頁，以概念性的通論和議題討論的文學社論為主，透過眾人之筆，清晰的呈現了文藝思潮之興替，也保存了很多珍貴的文獻。方修花了極大的力氣來保存一個自己幾乎徹底錯過的時代[2]，也因此建立了完全屬於他的馬華文學版圖。沒有方修大系，馬華文學批評史恐怕得斷頭。

苗秀（1920-1980）編選的《新馬華文文學大系（1945-1965）‧理論》比方修早一年登場，選文跳過因日軍佔領而空白的兩年（1943-1944），從戰後開始編選，採單元化分輯。很巧合的，跟第一套大系同樣二十一年，單卷，669 頁。兩者最大的差異有二：方修大系面對草創期的新馬文壇氣候未成，幾無大家或大作可評，故多屬綜論與高談；苗秀編大系時，中堅世代漸成氣候，亦有新人崛起，可評析的文集較前期多了些。其次，撰寫評論的作家也增加了，雖說是土法煉鐵，卻交出不少長篇幅的作家或作品專論。作家很快成為一九五〇、六〇年代馬華文學評論的主力，文學社論也逐步轉型為較正式的文學評論。

二〇〇四年，謝川成（1958-）主編的第三套大系《馬華文學大

---

[2] 方修生於廣東潮安縣，一九三八年南來巴生港工作。一九四一年，十九歲的方修進報社擔任見習記者，那是他對文字工作的初體驗。

系‧評論（1965-1996）》（單卷，491 頁）面世，實際收錄二十四年的評論[3]，見證了「作家評論」到「學者論文」的過渡。這段時間還算得上文學評論的高峰期，各世代作家都有撰寫評論的能力，在方法學上略有提升，也出現少數由學者撰寫的學術論文。作家評論跟學者論文彼消此長的趨勢，隱藏其中。此一趨勢反映在比謝氏大系同年登場（略早幾個月出版）的另一部評論選集《馬華文學讀本Ⅱ：赤道回聲》（單卷，677 頁），此書由陳大為（1969-）、鍾怡雯（1969-）、胡金倫（1971-）合編，時間跨度十四年（1990-2003），以學術論文為主[4]，正式宣告馬華文學進入學術論述的年代，同時也體現了國外學者的參與。赤道形聲迴盪之處，其實是一座初步成形的馬華文學評論殿堂。

一九九〇年代後期是個轉捩點，幾個從事現代文學研究的博士生陸續畢業，以新銳學者身分投入原本乏人問津的馬華文學研究，為初試啼音的幾場超大型馬華文學國際會議添加火力，也讓馬華文學評論得以擺脫大陸學界那種降低門檻的友情評論；其次，大馬本地中文系學生開始關注馬華文學評論，再加上撰寫畢業論文的參考需求，他們希望讀到更為嚴謹的學術論文。這本內容很硬的《赤道回聲》不到兩年便銷售一空。新銳學者和年輕學子這兩股新興力量的注入，對馬華文學研究的「殿堂化」產生推波助瀾的作用。

這四部內文合計 2,941 頁的選集，可視為二十世紀馬華文學評論

---

[3] 此書最早收入的一篇刊於一九七三年，完全沒有收入一九六〇年代的評論。

[4] 全書收錄三十六篇論文（其中七篇為國外學者所撰），三篇文學現象概述。

的成果大展，或者成長史。

殿堂化意味著評論界的質變，實乃兩刃之劍。

自二十一世紀以來，撰寫評論的馬華作家不斷減少，最後只剩張光達（1965-）一人獨撐，其實他的評論早已學術化，根本就是一位在野的學者，其論文理當歸屬於學術殿堂。馬華作家在文學評論上的退場，無形中削弱了馬華文壇的活力，那不是《蕉風》等一兩本文學雜誌社可以力挽狂瀾的。最近幾年的馬華文壇風平浪靜，國內外有關馬華文學的學術論文產值穩定攀升，馬華文學研究的小殿堂於焉成形，令人亦喜亦憂。

這套《馬華文學批評大系》是為了紀念馬華文學百年而編，最初完成的預選篇目是沿用《赤道回聲》的架構，分成四大冊。後來發現大部分的論文集中在少數學者身上，馬華文學評論已成為一張殿堂裡的圓桌，或許，「一人獨立成卷」的編選形式，更能突顯殿堂化的趨勢。其次，名之為「文學批評大系」，也在強調它在方法學、理論應用、批評視野上的進階，有別於前三套大系。

這套大系以長篇學術論文為主，短篇評論為輔，從陳鵬翔（1942-）在一九八九年發表的〈寫實兼寫意〉開始選起，迄今三十年。最終編成十一卷，內文總計 2,666 頁，跟前四部選集的總量相去不遠。這次收錄進來的長論主要出自個人論文集、學術期刊、國際會議，短評則選自文學雜誌、副刊、電子媒體。原則上，所有入選的論文皆保留原初刊載的格式，除非作者主動表示要修訂格式，或增訂內容。總計有三分之一的論文經過作者重新增訂，不管之前曾否結集。這套大系收錄之論文，乃最完善的版本。

以個人的論文單獨成卷，看起來像叢書，但叢書的內容由作者自定，此大系畢竟是一套實質上的選集，從選人到選文，都努力兼顧到其評論的文類[5]、議題、方向、層面，盡可能涵蓋所有重要的議題和作家，經由主編預選，再跟作者商議後，敲定篇目。從選稿到完成校對，歷時三個月。受限於經費，以及單人成冊的篇幅門檻，遺珠難免。最後，要特別感謝馬來西亞畫家莊嘉強，為這套書設計了十一個充滿大馬風情的封面。

鍾怡雯

2019.01.05

[5] 小說和新詩比較可以滿足預期的目標，散文的評論太少，有些出色的評論出自國外學者之手，收不進來，最終編選的結果差強人意。

編輯體例

[1] 時間跨度：從 1989.01.01 到 2018.12.31，共三十年。

[2] 選稿原則：每卷收錄長篇學術論文至少六篇，外加短篇評論（含篇幅較長的序文、導讀），總計不超過十二篇，頁數達預設出版標準。

[3] 作者身分：馬來西亞出生，現為大馬籍，或歸化其他國籍。

[4] 論文排序：長論在前，短評在後。再依發表年分，或作者的構想來編排。

[5] 論文格式：保留原發表格式，不加以統一。

[6] 論文出處：採用簡式年分和完整刊載資訊兩款，或依作者的需求另行處理。

[7] 文字校正：以台灣教育部頒發的正體字為準，但有極少數幾個字用俗體字。地方名稱的中譯，以作者的使用習慣為依據。

目 錄

文人典範的建立：
論方北方小說的家國意識

前言

方北方（1919-2007），一生創作不輟，作品三十種，是馬來西亞華文文壇最具影響力的作家之一。方北方原名方作斌，出生於廣東，十歲到馬來亞檳城，接受小學到初中的教育。一九三七年回去中國完成高中教育並參與抗日戰爭，戰後一九四七年重回馬來亞，投身教育界，從此在當地落地生根，二〇〇七年逝世於檳城，享年八十九歲（方成 9-11）。方北方以他的一生見證華人飄洋過海到馬來西亞落地生根的艱苦經歷，馬來亞從殖民地轉變到獨立的馬來西亞的過程，他的寫作生涯和馬來西亞華人的命運緊緊相扣，凡華社問題、國家政策、種族矛盾、華教危機等課題，他都感同身受，這些事件都反映在他的作品中。

方北方曾擔任兩屆馬來西亞華文作家協會會長（1980-1984），榮獲首屆馬華文學獎（1989）、第二屆亞細安華文文學獎（1998）和亞洲華文作家文藝基金會終身成就獎（2000）。他一向待人誠懇、提攜後進，被譽為「馬華文學的播種人」。

方北方擅長寫實，是馬華當代出色的現實主義作家，他認為「小說是作者概括現實之後，通過一定的世界觀，再現的真實形象」（方北方，〈寫作是怎麼一回事？——漫談我的小說創作經過〉251）。方北方的作品都以歷史事實作為背景，穿插個人經歷，串起故事，以反映時代的精神。方北方重要的代表作是「風雲三部曲」和「激流三部曲」六部長編小說。「風雲三部曲」分別是《遲亮的早晨》（1957）、《剎那的中午》（1967）和《幻滅的黃昏》（1978），以中國抗戰為背景，可以是方北方十九歲到廿八歲在中國參與抗戰經驗的反映。「激流三部曲」（又名「馬來亞三部曲」）分別是《樹大根深》、《頭家門下》和《花飄果墮》，是他從事寫作五十多年以來，將他在馬來西亞生活的實際經歷的總結，也可以說是華人在馬來西亞奮鬥過程的縮影。他的作品內容和寫作形式也反映了馬華文學發展過程中特有的現象。

一、家國的選擇：何處是我家？

方北方的創作背景與他的生平息息相關，生活就是他寫作的泉源。從中國回到檳城的最初幾年，他一方面創作短篇小說發表，一方面經營過去十年在中國的經驗，組成他的「風雲三部曲」，分別是《遲亮的早晨》（1957）、《剎那的正午》（1967）和《幻滅的黃昏》（1977）。

《風雲三部曲》之《遲亮的早晨》（1957）以中國抗戰期間的局勢變化作為故事的背景，所有人物環繞著這個主題之下生成，而所有的情節發展也呼應著局勢的發展而產生微妙的變化。《剎那的正午》（1967）和《幻滅的黃昏》（1977）以抗戰勝利後欣喜局面的「剎那」，最終被國共大戰的陰影漸漸籠罩。由於在抗戰期間，方北方曾經返回中國加入抗戰行列，所以《風雲三部曲》中的「方向」一角，更有作者的投影[1]，方北方的親身經歷也使得小說的寫實性和真實性大大地提高。

「風雲三部曲」以愛情主線，戰爭輔線，寫年輕人參加抗日戰爭，經歷國共內戰，直到國民黨政府退守台灣為止的過程。主角方向的背景，和方北方極為相似：小時候便去到檳城，在那裡受教育長大。日本侵華，在南洋的華人心繫家鄉，方向和許多熱血青年一樣在那個時候選擇回到祖國，與表哥張逸人參加抗戰，保家衛國。

在一九三〇年代末，華人到南洋去主要是為了謀生，他們的父母、家人在中國，他們總是抱著一朝賺了錢後，要衣錦還鄉，奉養父母，撫育妻兒的理想；年輕的就希望回家娶妻置業，所以祖國的政局以及社會動態，都和他們有切身的關係。

---

[1] 方北方的〈寫作是怎麼一回事？——漫談我的小說創作經過〉提及他曾在抗戰期間參加救國運動，以加入戲劇宣傳隊的方式在各地宣傳抗日救亡的思想，而方向這一角色正是以戲劇宣傳隊來抗日救亡的人物，其經歷如小時曾隨伯父去馬來亞又返回中國也與方北方的經歷十分相同。

小說中的方向，自小到檳城跟著伯父生活，母親、妹妹和親戚都在家鄉惠來。方向情牽兩地，惠來是第一個家鄉，檳城是第二個家鄉。抗戰前夕回去中國升學，然後投入抗戰的行列。在抗戰的過程中，和表哥張逸人認識吳素芬，展開一段三角戀情。後來張逸人戰死，吳素芬留下孩子，繼續為政治理想而鬥爭，而方向則在戰亂中繼續他的旅程（《遲亮的早晨》）。當太平洋戰爭爆發，日軍轟炸檳城的第一天，方向的伯父就被炸死。方向在接到消息後，萌生回到「第二故鄉」檳城的念頭（《剎那的中午》）。不過，因為男女感情的牽絆，他遲遲沒有回去南洋。經過重重困難，在新中國建立的第二年，方向和吳素芬終於共組家庭，選擇了留在家鄉惠來參與建設。

「風雲三部曲」描寫當時候的許多年輕人，秉著「先天下之憂而憂」的愛國情操，先有國，後有家，毅然投身到抗戰的行列中。小說蘊含積極的人道主義情懷，關心戰爭對民眾的摧殘，大量描寫戰爭之後的廢墟和人間煉獄。也許是作者親身經歷，寫來非常真實，劫後餘生的場面更加令人觸目心驚。這是一部以男女愛情作為主幹部分的小說，但是作者更著重反映抗戰期間到取得勝利後，平民百姓的生活狀態和意識形態。為了家人和家園，時態再惡劣，只要有一線希望，都能叫他們從低沉的情緒中重新振奮起來。

家在什麼地方，那裡就是他們的國家。在廣東惠來和馬來亞檳城之間，方北方都用了回家的「回」字。一個是出生地，一個是生長地，都有他難於切割、難於取捨的感情。方北方通過作品真實展露了他和許多那個時代的華人家國兩難的意識形態。

方北方在「風雲三部曲」的〈總序〉說，他寫作的目的「欲為中國的抗日戰爭與民族自救運動，以及社會革命時代，留下一些歷史的真實史料」（方北方，〈創作與出版——「風雲三部曲」總序〉274），足見他寫作的理想，也因這個三部曲奠定了他在馬華文壇的地位。

「風雲三部曲」所描寫的背景，從一九三七年寫到一九五〇年，也就是抗戰到新中國成立。方北方於一九四八年回到檳城，馬來亞還是英國的殖民地，而小說中作者的化身——方向卻選擇留在了廣東家鄉，參與新中國的建設。對一個自小南來，青年時期回去祖國參與抗戰，後來選擇離開祖國回去成長地定居的華人來說，一九三七年，是南洋華人的一個重要年份，關係國家民族存亡，他們做出了義無反顧的抉擇。無論是去是留，「風雲三部曲」這樣的結局或許是兩全其美的安排。

當地的政治氣氛也影響了馬來亞青年的家園選擇。一九四九年，在新中國建立的同時，遠在馬來亞，正是緊急狀態的時刻，這個時期的社會現象反映在「馬來亞三部曲」之一的《樹大根深》。方北方結合官方和民間的視角去描寫。當時媒體的報導，集中在「山頂人」（退守山林的馬共的別稱）的暴力行為和對社會秩序的破壞。方北方在《樹大根深》除了引述報章和電台的報導，也將自己所見所聞，通過小說的方式描述出來。許多華人在緊急狀態時期無辜被牽連，有些不過說了支持山頂人的話，便被人告發捉到監牢裡去，受到毒打，甚至被殺害。對於支持山頂人的村民，英軍採取毫不留情的手段去打擊，燒毀他們的房子，把他們遷到新村去，支持山頂人的嫌犯、因驚慌而伺機逃走的都慘死在軍人的掃射下。

《樹大根深》也提到了南洋華人第二代對家國的選擇。華家主人華仁因為僱用與馬共有關係的工人，受到牽連被捉去拘留所審問，經不起三番幾次的折磨，在警察局接受審問時，腦充血中風而死，妻子秀香傷心欲絕，撞棺木而死。華仁的二兒子十八歲，看到父母雙亡，決定回去中國繼續深造。其叔父華義問：

> 「這麼說，你不喜歡我們這裡了？」
>
> 「我不是不喜歡，不過我就是喜歡，我能獲得什麼？我父親、母親不只喜歡這裡，為了要在這裡紮根，都把血和汗灑在這裡土地，結果得到什麼，人未老，就雙雙被折磨死亡，所以我怎麼還會留在這裡？」（《樹大根深》424）

「風雲三部曲」的方向早年離開中國到南洋謀生，中國有難的時候他回去祖國；「馬來亞三部曲」的華國強，響應新中國的號召，離開了馬來亞，廿五年後，他回到出生地馬來西亞。兩個人一個回去中國，一個回來馬來西亞，同是「回歸」，回歸的對象已經有了不同。

二、家國的建立：不能回避的歷史

一九四五年至一九五七年間，馬來亞的政治變化，也影響馬華文學的表現。方北方一九四七年從中國回到檳城，處於馬來亞從殖民地獨立國的過渡時期，也是本土意識成形的時代。對於這段歷史，崔貴強在《馬來西亞華人史新編・華人社會演變（1945-1957）》這樣描述：

> 這是個民族主義浪潮澎湃的時代，這也是個動盪不安的時代。尤其是光復後初期，斷垣殘壁，百廢待興，經濟凋敝，物價飛漲，民生疾苦，社會動盪，加上馬共進行武裝鬥爭，各地烽煙四起，使國家的社會經濟陷於水深火熱之中。而在爭取獨立的過程中，各種族為了要維護自身的權益，難免產生歧見，進而擴大了種族的裂痕。（崔貴強 139）

一九五〇年代是馬華文學意識形態從中國轉到馬來亞的重要時期，方北方的寫實手法確實為他的作品留下許多時代的印記。在他那些獨立以前的作品，記錄當時華人在馬來亞的生活情況，當中也追溯了中國人南來的緣由、墾荒的歷史和日治的慘痛遭遇。

從方北方的寫作理念來看，他認為小說一定要反映現實、為歷史留下一些痕跡，從戰後到獨立期間（1948-1957），對華人影響重大的「緊急狀態」和新村卻沒有寫在他的作品中，以他的創作時間順序來看，這是很明顯的空白。

至於那個時期的馬華作家在寫些什麼呢？在方修的《戰後馬華文學史初稿》第六章，談到緊急狀態初期（1948-1953）的文壇現象：

> 這個時期，言論出版的限制特嚴，要求獨立自治成了忌諱，反殖呼聲空前低沉。一般作品都避免觸及當地的重要現實，特別是當地的政治問題，因而主題及題材各方面形成了兩個主要的傾向，一個是側重支持中國的民主運動，另一個是反映星馬的一些次要問題或非本質意義的現象。（方修 79）

所謂「非本質意義的現象」，指的是無關於政治的社會題材，如「取材於都市或鄉區的灰暗面，諸如上流人家的醜態，教育界的黑幕，小市民的生活，私會黨的活動，封建農村的小悲劇，一些卑微人物的不幸遭遇……等等」（方修 89），由於法令約束言論出版，這段涉及政治敏感的文學史寫得有點含糊，不瞭解當時狀況的話，恐怕會不知所云。

林景漢在〈獨立後華文報刊〉一文中，提到法令對言論的制約，限制了作家對某些題材的書寫。自戰後到獨立前，有嚴苛的「緊急法令」，一些發表偏左言論華文報（如新加坡的《南僑晚報》、檳城的《現代日報》和古晉的《中華公報》），就會被關閉，報人也會被捕或驅逐出境（林景漢 132）。一九六九年五月十三日（五一三事件）後，政府當局制定「煽動法令」，約束人民不得發表敏感煽情言論（林景漢 147）。由於牽涉眾多，華文報刊不得不小心翼翼，諸如宗教、政治、教育、語言、文化等敏感問題都束之高閣。這些法令對馬華作家是種有效的掣肘。

方修的《戰後馬華文學史初稿》完成於一九七六年，一九八七年再版，受到「煽動法令」的約束，下筆不免小心，行文如作者自己所說，避免觸及當地的「重要現實」，特別是「政治問題」。緊急狀態時期，影響華人社會最深的應該是馬共的武裝鬥爭和新村的建立。華人夾縫生存，親友之間多少和馬共有關係。以馬華文學反映現實的傳統，這段歷史也應該會記錄在文學中。可是，在這本文學史中，幾乎沒有談到這個「敏感」課題，提及的作家們的作品也沒有以緊急狀態為題材的。因此，方修所謂「與反殖」有關的又不便明言的可能就是指馬共和新村事件。

由此可知，在一九五〇年代到六〇年代，方北方和他同期的馬華作家一樣，受到法令的制約，發表作品都避開敏感問題，以避免牢獄之災。不過，本著為歷史留下印記的方北方，並沒有忘卻這段歷史，並將之完整展現在「馬來亞三部曲」第一部，描寫華人來馬歷史的《樹大根深》中。

「馬來亞三部曲」的出版年份沒有根據順序，第二部《枝榮葉茂》出版於一九八〇年，比《樹大根深》（1985）早。根據方北方第二部《枝榮葉茂》的〈後記〉說，此書完成於一九七〇年代初期（《全集 4》375），那麼第一部《樹大根深》的寫作應該進行得更早，應該是一九六〇年代末，或和《枝榮葉茂》同期。至於為何第二部出版在先，第一部出版在後？方北方在其書〈自序〉、〈再版題記〉和〈後記〉中都有說明，「只因這個長篇所擷取的題材，受偏差的觀念所誤導，認為屬於敏感性的題材，發表恐怕有問題」[2]（《全集 5》9），所以在言論受到管制的年代，這些讓法令敏感的文字一直延至一九八五年才出版。

《樹大根深》這部長篇小說講述的是早期華人從中國南來的經歷和成家立業的過程。橡膠園主華仁從中國南來，個性刻苦耐勞，做事腳踏實地，不計艱辛地開墾新地，為人老實忠厚，事業稍有所成的時候娶了善良的秀香為妻，從此在南洋落地生根、開枝散葉。緊急狀態時期，受到員工的牽連，被視為馬共的支持者，在審訊的

---

[2] 「發表恐怕有問題」，是指作者和提供園地發表的報人、報刊或出版社可能面對關閉、報人被捕或驅逐出境。

過程中病發身亡。

如果《樹大根深》完成於一九六〇年代末，七〇年代初，那麼方北方應該是少數關注這些「敏感」問題，又留存作品下來的馬華作家。他在這部小說裡，描述了華人在馬來西亞的艱辛歷程，許多橡膠園主、礦場老闆或商店頭家，當年從非人生活的「豬仔」出身，經過殖民地資本家的剝削，九死一生，開闢芭地，以血汗打下事業的基礎，艱辛創業，但是有的被日軍洗劫，戰後遭受緊急法令的政治牽連。許多人在過程中家破人亡，被殺害、自殺、破產的不計其數，華人在馬來亞建立家園，可說經歷千辛萬苦的奮鬥。

《樹大根深》要表達華人在馬來西亞奮鬥的過程，在建國的過程中，緊急狀態時期是不能回避的。由於政治關係，為了避免動輒得咎，大部分作家都回避了這段歷史，或者停筆不寫，以致我們很難在一九五〇、六〇年代的出版品中看到緊急狀態的描述。方北方作為現實主義的作家，堅持真實地記錄了這段不堪回首的歷史。只是這部作品寫成之後沒有及時出版，而要等到十幾二十年後的一九八五年，政治環境稍微鬆懈的時候，才重見天日。

方北方說這本書的內容，是要「通過歷史與現實的認識、概括地反映長久以來華人的生活形態，以及精神面貌」（《樹大根深》8）。對於戰後的描述，方北方詳細下筆，將緊急狀態的緣由交代得很清楚。

方北方記錄了緊急狀態時期華人新村的緊張氣氛。這些久遠的畫面，如今看來，依舊觸目驚心。戰後日本退出馬來亞，英軍回來，人們憧憬的美好生活卻沒有到來。戰後百廢待興，人民對現實失望，馬來亞共產黨公開招收不滿現實的年輕人入黨，產業罷工日漸增加，暴力事件四起，一九四八年，英國殖民地政府宣佈馬共為非法組織並實行緊急法令，加強剿共行動。

為了斷絕馬共和社會的的聯繫，英軍強迫山林邊緣的人們遷徙到指定的新村，以十二尺高的鋼絲網圍繞起來，嚴密看守。然而，這還是阻止不了新村的人民繼續提供物質給退守到山上的馬共分子。於是，英軍加緊剿共，華人新村風聲鶴唳，社會彌漫恐怖的氣氛。方北方這樣描寫當時的情況：

> 政府當局又通過報章或廣播，告知人民平日不得穿草綠色的衣服，以免引起軍警的誤會而發生不如意的麻煩；被政府宣佈為禁區或成為戒嚴區的地方，絕對不准人民進入，否則格殺勿論。接近這些地區的人民，出入多是提心吊膽；入晚後，天仍未黑，路上行人稀疏，軍警駐守的地方，也沒有閒人的行跡。（《樹大根深》38）

> 每天報紙與電台所發表的，不是某地警局給攻擊偷襲，或被投擲炸彈，就是某州公路上的警車遭受焚毀，傷亡慘重的事件。而錫礦工廠整座給破壞，更是不斷地發上。一些與政府合作，或親近政府人士給殺害的，也日有所聞。（《樹大根深》39）

> 至於工友們，一早離開四周給鋼絲網所包圍的新村宿舍，經過閘門外的員警檢查站。員警嚴厲地都要他們把身分證繳交出來，一直到下午大家割完膠後回來才領回去。員警們又

> 進一步地把他們的上下身搜查清楚，沒有攜帶任何事物和利用品之後，才准許離開上工。可是不少膠工，尤其是女膠工，都有辦法把餅乾、罐頭、火柴、香煙、報紙、鉛筆、手錶、衣服，甚至藥品、子彈藏在身上的某一部，瞞過馬來員警，帶給山上的人。（《樹大根深》40）

對於這段歷史，方北方站在同情的立場，交代新村居民和年輕人參與馬共的原因。他們當中有些不滿現實；有的是因為親人被政府軍無辜殺害，憤而上山；有的是當年的馬來亞抗日軍成員，日本投降後，他們不肯繳交槍械，英軍要逮捕他們，他們因此走入深林參加馬共。有些循規蹈矩沒有受過教育的村民擔心被英軍抓去當兵，看到軍隊就避開或逃走的，也無辜被殺。有人渾水摸魚，有人乘機作奸犯科，社會陷入一片恐慌。

關於緊急狀態時期的描述，方北方給馬華文學史留下非常珍貴的畫面。寫大搜捕之前，山雨欲來風滿樓，讓人透不過氣來的氣壓：英軍剿共的態度很堅決，將殺死的山頂人和村民屍體橫擺在新村棚門外示眾，殺一儆百。對於嫌疑支持山頂人的村民，拘留毒打或威脅，甚至槍殺。在風聲鶴唳的時代，人人自危，連天空也「佈滿雲雨層層的黑幕，遮蔽了山野原來清麗的面貌，使人看不見高薄雲霄的椰樹，也使人望不見了所要看的一切，連出入家園來往的小路也完全不見了。除了哀歌似的雨聲之外，山雀舌噪的聲音也沙啞不清，人的呼吸在自己的感覺中卻特別響亮。」（《樹大根深》210-211）

寫政府軍的粗暴無情的鎮壓，寧可殺錯，不可放過的態度，枉顧新村居民的性命：

> 又有一個孕婦，渾身發抖，忽然大聲嘶嚷，原來她是要分娩生產了。剛好一個持槍的大兵在廳外的門口，即使鄰居有產婆可以請來接生，也沒有辦法出入。一會兒，嬰兒呱呱墜地，產婦下體一直在流血。家人雖焦急萬分，然而那大兵面對臉色灰白的產婦卻無動於衷，其實他也無能為力相助，只有對著掙扎垂死的婦人發愣。（《樹大根深》211-212）

面對政府軍不分皂白的肅清，新村村民繃緊的弦總於爆發：

> 膠工們聽來軍令如山，卻仍有不少血氣方剛的青年，汗流浹背，甘冒死亡的危險，企圖逃出肅清的地區。臨走時，多人哀怨地說：
>
> 「再見，聽天由命就是！」
>
> 也有不少人這麼想：
>
> 「與其等著吃虧，不如走開。」
>
> 身為父母的，也對孩子這樣說：
>
> 「去吧！三十六著走為上著：沒有留下來等著吃虧的必要。」
>
> ……
>
> 可是逃到哪裡去呢？
>
> 年輕人憑著一時激動，以為逃出虎口，生命就安全了。沒想到後果絕對解決不了現實的問題，難為家人永遠不能解決。（《樹大根深》，頁212）

華國強是華仁的次子，是一個在政治氣氛凝重的時代成長的年輕人。新村華人在緊急狀態時期受到殘酷對待，讓他們對這塊土地感到失望，因此覺得馬來亞的教育發展不能滿足他的需求，同時受到中國新生的宣傳所影響，憑著一股熱情與衝動，選擇回去中國。華國強在中國渡過了廿五年，感受到肉體的精疲力盡和精神上的消沉，後來取得珍貴單程出境證，離開中國大陸。由於不能直接回返出生地馬來亞作長居久留，他滯留香港。他四十幾歲在回馬探親時才與初戀情人史娟重逢，然後閃電結婚。為了申請馬來亞居留權，他不惜通過投資的方式先取得新加坡的永久居留，再輾轉返家。

對於「根」的認知，方北方在《樹大根深》中通過國強這個角色直接點明馬來亞華人的根就在馬來亞，而並非中國。「他想起自己的根，雖與主根失去連絡，但到底那條使他竄開出去的主根，以及主根分開出來已深入土地的大根小根，性質和他的一樣…然而因一時的熱情與衝動，卻落得成為今日沒有根的人。」出生於馬來亞，成長於馬來亞，當失去馬來亞的公民權時，也等於失去了自己的「根」。唯有正視歷史，才能讓自己族人的根在這個土地上植得更深。

三、家國關懷：面對未來

一九四七年，方北方回到他長大的檳城，投身教育界，開枝散葉。他一方面整理「風雲三部曲」，也創作出即時反映馬來亞社會的中、短篇集，如《兩個自殺的人》（1952）、《娘惹與峇峇》（1954）、《出嫁的母親》（1953）。這些獨立之前所寫的作品共有的特色是主角多來自中國，他們在家鄉生活不下去了，到南洋尋找生計，經過千辛萬苦，總於建立了自己的家園。由於戰後的社會治安惡劣、經濟不景，許多華人家破人亡，被殺的被殺，自殺的自殺，倖存下來的人，只能哀歎茫茫未知將來。

方北方在這些一九五〇年代的作品裡面，已經表現出很強烈的本土化，馬來亞的環境，男女主角活動的本土地點也很明確，尤其是檳城州和吉打州的地名、場所，似乎是有根有據，如小說中主角住宿在「蓮花河國泰旅社八號房」、到「大華戲院」看戲（〈在星檳火車上〉）；女主角曾經到「雙溪大年二路」去跟債主討錢，敘述者在「丹絨武雅（Tanjung Bunga）的好萊塢餐室」喝汽水（〈北海渡輪上〉），場景非常當地化。作者在其中一本小說的後記說，他的小說題材多來自報章上的社會新聞，裡面除了部分是虛構的以外，大部分都是現實的題材，由於所描述的事務貼近當地社會，受讀者歡迎。有讀者甚至尋到小說〈在星檳火車上〉所說的國泰旅社去求證敘述者是否曾經到過該地（《兩個自殺的人・後記》，《全集 7》221）。

方北方這個時期的作品，某些角色雖從中國南來，內容背景用語卻已經馬來亞化。他在這些中短篇小說裡，處理華人南來的歷史，記載華人在日治時代的悲慘遭遇，以及在戰後受現實生活諸多磨難的情況。也許因為檳城華人居多，作品中的人物也以華人居多。華人自由活動在社會各階層，有錢的享受都市富裕的生活，窮困的則在窮鄉僻壤辛勤勞動，彷彿是在中國的一個城市，偶爾出現其它種族和大量的馬來語音譯用語，將讀者帶回到充滿南洋風情的馬來亞。

如果說「風雲三部曲」是方北方對自己的中國經驗的告別，他後來創作的「馬來亞三部曲」則是一種對本土的認同、對幸福家園的期待。「馬來亞三部曲」分別是《樹大根深》（1985）、《枝榮葉茂》（又名《頭家門下》1980）和《花飄果墮》（又名《五百萬人五百萬條心》1994）。對於他寫「後三部曲」的緣由，方北方在《樹大根深》的後記中如此寫道：

> 如今我在馬來西亞，前後住了五十七年。從青年步入中年、入老年；由僑民歸化為公民；使我對這裡的鄉土有了感情，對建國產生熱切的寄望。
>
> 於是由於生活的投入和對寫作的執著，也希望通過文藝的反映，本著馬來西亞擺脫殖民地政府的統治，與國民獻身建國的善意，把華族參與國土地開闢和發展經過，加以濃縮，以一《樹大根深》、二《枝榮葉茂》、三《花飄果墮》，寫《根、幹、葉》三部曲，從政治、經濟、文化各方面的發展和演變，表現華人社會的結構以及精神面貌。（《樹大根深》，320-321）

《馬來亞三部曲》主要講述馬來西亞華人如何在政治、經濟的動盪中掙扎求存，一點一滴集腋成裘，成就今日對本土的貢獻。方北方肯定葉亞來、陳禎祿等開埠建國功臣，更多的是著筆錫工、膠工、商賈如何由最底層的「豬仔」、苦力做起，致富，因政治變遷、商場鬥爭，從富庶變成一貧如洗，甚至家破人亡等。方北方詳細敘述了馬來亞獨立前後的幾段重要的歷史，企圖以文字串起了時代洪流。

方北方以華人奮鬥的歷史貫穿「馬來亞三部曲」，《花飄果墮》不但延續了《頭家門下》華人社會劣根性內鬥的描寫，更說明馬來西亞華人對這國家的認同早已根深蒂固，才會正視國家政治、社會治安、教育理念、種族關係等問題，並嘗試提出自己的看法。

通過這三部曲的命名和主題安排，可見方北方試圖在錯綜複雜的馬來西亞環境中，在一個真實歷史記錄者的缺席下，以他個人的閱歷和切身經歷來為馬來西亞華人書寫奮鬥史。他對《馬來亞三部曲》的內容作出如此的介紹：

> 用《樹大根深》題意，描寫華人祖先，披荊斬棘、寢食俱廢的禮金政治風暴的襲擊和摧殘，如何把生存的根紮下；進而由於樹大根深，促使子孫飲水思源，關心民族大樹的成長。以《枝榮葉茂》（又名《頭家門下》）一書，表現華人經濟的成長與教育的掛鉤情形；從而促成華社的覺悟而關心母語教育的發展。從《花飄果墮》，反映芸芸眾生的華人精神生活以及南轅北撤、分崩離析的華社，從中表現華人的處境和前途。（《樹大根深‧後記》321）

「馬來亞三部曲」的意圖很大，企圖以文學喚起華社的醒悟。在《樹大根深》中，穿插了華人祖先如何從遙遠的中國飄洋過海，如何苦苦紮根生長，又提及了馬來亞非常重要的錫米業是如何由一個個的華工冒著生命危險將其提煉出來，訴盡了華工的辛酸史。他主要以日本殖民完結，由英殖民政府重新接管，一直到獨立前的馬來亞作為主要背景，建立了一個又一個華人頭家、華工這類小人物的真實形象。

方北方的另一部長篇小說《頭家門下》，描述第一代華人的刻苦耐勞，以節儉起家說起，他們具有傳統的倫理觀念。到了第二代華人，他們仍然保存了濃厚的民族思想，又能突破保守的局限，所以青出於藍。可是第三代華人由於養尊處優，受到時代潮流的影響，和傳統倫理觀念漸行漸遠，兄弟反目，爭權奪利，甚至不惜謀財害命，最後落得祖業敗光的結局。這部作品除了反映「根在中國」到「家在馬來亞」這個主題，同時直擊華人社會中的一些弊病，譬如爾虞我詐的內鬥。這種對豪門家庭內部傾軋的描寫，揭露了人性醜惡的一面，正好反映了現實主義中的批判精神。

《頭家門下》講述六十年前正是第二次世界大戰發生的前幾年，是馬來亞新興膠錫事業初期的黃金時代，也是馬來亞社會繁榮的旺盛時期。方北方詳細地勾畫了當時社會的輪廓，表現了經濟騰飛的時代如何幫助華人在本土發展自己的事業。在紙醉金迷、人欲橫流的時代，有的頭家後裔傾向追逐名利，華文教育遭受空前的打擊，幸好華社中還有一些人繼續興辦民族教育的理想，堅持華文教育和傳承中華文化。

此書寫於一九七〇年代初，由於「礙於客觀環境的關係，而必須隱晦的，仍是不能處理得婉轉，於是原稿寫好了之後，便不急於發表了」（《頭家門下・後記》376）。一九七八年，此部小說在南洋商報《小說天地》連載時，依照編者的意見，將「部分不適於發表的刪棄」，一九八〇年才正式出版。

從這個後記得知，作者力求反映現實的理念，有時也受到客觀環境的影響，導致小說中批判力度的的部分都必須去除，或是「隱晦」起來。因此在「馬來亞三部曲」中，《頭家門下》故事環繞在豪門的恩怨中，反映的社會層面最少。

《花飄果墮》是「馬來亞三部曲」的最後一部，完成於一九九三年，那時方北方已經七十五歲高齡。《花飄果墮》的背景在一九七〇年代末到八〇年代。那是華人文化、教育、政治、經濟遭受重大打擊的年代。這個時段政治氣氛低壓，華人政黨、社團內亂，華人社會四分五裂，如一盤散沙。

進入這個時段，方北方在其作品中更多是提及了對華人文化前景的擔憂，又提及了黨爭過程。對於馬華文學前景的擔憂，可以從文中一場場的研討會，或者是借著人物發表宣言，或是借著華社中舉足輕重的人物所發表的言論看出。

方北方的《花飄果墮》有強烈的時事意味，他希望能借著時事和政論，如種族關係、社會治安、華文教育等華社關心的重要課題，達到啟發人民省思，繼而關注周遭切身問題，然後齊心協力地去解決，而不是逃離。雖然這是一部小說，可是全文的對話和故事性情節不多，大部分內容採取了剪報式、研討會、會議摘要、敘述、評論等文體出現。這種種方式毋庸置疑是想把歷史性事件的來龍去脈完整交代。他也確實做到了這點，可惜篇幅過長，涉及的議題太多太廣，難於將複雜的馬來西亞社會變遷完全表達出來。方北方企圖以多元化的文體組構一篇小說，挖掘開拓新的創作方式，無論結果如何，他的大膽嘗試實屬難能可貴。

當我們參照方北方的小說，再回看當時的政治狀況，也就可以瞭解方北方書在處理國家和民族敏感事件所做出的努力。《風雲三部曲》可以說是本地華人僑民意識的代表作，充分地表達了在抗戰時期華人身在南洋，心念祖國的心緒。而在《馬來亞三部曲》中作者對家園的關懷，已經轉向對馬來亞本土，確定家在馬來西亞的思想。

從《樹大根深》到《花飄果墮》，馬來西亞華人對待家園的態度，從最初的游離到最後的堅決，讓我們看到一種積極的變化。《花飄果墮》大量借用時事評論文章和評論，正說明華社參與建設理想家園的積極性，與其逃避退縮，不如勇敢面對，大家出謀劃策，為建設理想的家國提供新思維。

從最初的逃離到最後的積極面對，我們可以看到方北方在其小說所要表現的前瞻性。家國的建設在於親身參與，今日馬來西亞的知識分子，紛紛運用手中的一支筆，發表言論，不也是為了建設理想家園，為自己族群、國家效一分力？

四、錯位的解讀：創作與出版年代的混淆

方北方一生不懈創作，不遺餘力推動馬華文學活動，深受馬來西亞華人社會的尊敬。遺憾的是這麼多年以來，研究方北方的文章並不多。即使有，也未能中肯地闡述他的成就。一九九八年出版的《馬來西亞華人史新編》，在第三冊的第二十二章題為《獨立後的馬華文學》，評述馬來西亞獨立後的華文文學現象，談及一九六〇年代的代表作家，方北方占了一席重要之地。由於方北方過去出版的作品多已絕版，收集不易，身在國外的評論者無法全面閱讀方北方的著作，只能從其他論述文章，去瞭解方北方的作品，從而勾勒出方北方創作的面貌。作者一方面承認方北方的成就，一方面也作

出幾許尖刻的批評（陳鵬翔 263-346），認為將方北方的作品放在世界華文文壇宏觀的角度來看，出現了「時地錯誤的荒謬」（陳鵬翔 279）和「時代錯誤的症狀」（陳鵬翔 283）。

二〇〇九年十二月，《方北方全集》出版工委會連同馬來西亞作家協會推出《方北方全集》（十六卷），重新和讀者見面。全集將方北方所有重要的作品收集在內，分成小說六卷、中篇小說二卷、短篇小說一卷、報告文學及童話一卷、評論四卷，共十六冊，約二百五十萬字。這整套全集讓我們得以重新審閱方北方的一生創作。

評論者對方北方的創作過程出現一些誤讀，主要是因為方北方這些作品產生在動亂的年代，當時沒有很好的條件將之出版。況且戰後建國初期，百業待興，家庭經濟困難的方北方無法依照作品完的順序出版。尤其是寫中國抗戰的，一九四七年方北方從大陸回到檳城，帶回五十萬字的《風雲三部曲》初稿。由於出版過程坎坷，使他在完稿之後，耗費二十年的時間才完全出版。（〈寫作是怎麼一回事〉247-250）。第一部和第三部出版的時間相隔了二十年，而且二十年當中先出版其他短篇作品，確實容易讓人誤會他花了二十年的時間在寫這三部曲。若沒有將方北方的創作歷程理清，參考個別文本，也會覺得方北方在戰後多年，還不斷重複複製年輕時候的經歷，是「不合時代面貌」的。[3]

---

[3] 在《馬來西亞華人史新編》第三冊的第二十二章〈獨立後華文文學〉對方北方的評述有以下文字：「在六〇年代初期著名的前行代作家中，方北方可說是他們這一代作家中最多產的一位。一九七八年九～十月，他推出了《幻滅的黃昏》、《遲亮的早晨》（原出於 1957 年）和《剎那的中午》（原出於 1967 年）這一套

方北方抵達檳城的實際年份，由於過去資料散亂，造成評論者誤以為方北方是在戰後才帶著中國抗戰的回憶來到馬來亞，而將他歸為「南來文人」。下圖根據〈方北方年表〉（《全集 16》187-190）整理出其生涯前三十年的所在地區和生活經驗分佈：

年份	年齡	時段	地區	上學年份	年齡	學校	教育
1919-28	1-10	9 年	廣東惠來	1927-28	9	光爺公小學	一年級
1928-37	10-19	9 年	馬來亞	1930-33	12-15	麗澤小學	高小畢業
				1934-36	16-18	鐘靈中學	初中三
1937-48	19-29	11 年	廣東惠來	1937-42	19-23	惠來縣立中學	初中二至高中畢業

馬華文壇第一套長篇三部曲，據說這三部曲耗費了他大約二十年時間。這個三部曲在方北方整個創作成果中顯得極為特出，雖然後來創作的文本大都設景於星馬，他這個三部曲的寫作，其意圖正好跟同時代的趙戎和苗秀不一樣，後者的大部小說《在麻六甲海峽》（1961）和《火浪》（1960）是兩本最能把星馬在第二次世界大戰前後的境況展現出來的長篇，方北方這套《風雲三部曲》卻是「欲為中國的抗日戰爭與民族自救運動，以及社會革命時代，留下一些歷史的真實史料」。由於我們現今在討論馬華文學時，是採宏觀的跟世界華文文學的提倡相呼應，故特別針對方氏的這部三部曲做了探討。在一位南來的作家的創作生命裡看到他能深入去刻畫那可歌可泣的抗日、內戰等大場面毋寧是可以理解的。不過擺在星馬獨立前後國人在竭盡精力去抗拒英國殖民主義這樣背景下，作者自身似乎意識到實地錯誤的荒謬，故後來又創作另一套《馬來亞三部曲》以為平衡／補償。（《馬來西亞史新編》第三卷 278-279）

				1943-46	25-28	華南大學	大三（未完成）
				（1947-48）	29-30	滯留廣東等待來馬	
1948-2007	30-89	59 年	馬來西亞		30-98		

方北方雖不是馬來亞土生兒，卻可說是在馬來亞長大。他十歲便自中國家鄉來到檳城投靠伯父。他從小就接受當地華文教育，一直到初中，也在當地參與文藝活動。他十九歲才到中國繼續高中教育，然後升上大學。中國抗戰時期，他積極參與後方宣傳工作，到過很多地方。中國經驗對他來說，並不是很長，但在他人生中非常的重要，就是那麼短短的十一年，讓他深切感受到中國人民在亂世中的慘痛遭遇，也給了他珍貴的生活經驗，是他早期作品如《春天裡的故事》、《每天死二千人的古城》的背景，和後來完成的《風雲三部曲》也是這十一年累積的經驗所得。

對於如方北方等作家在戰後創作戰爭經驗的作品，楊松年在其〈獨立前馬華文學〉一文中有這樣的評述：「縈繞在戰後馬來亞文學作者的另一個課題是戰爭的回憶與淪陷時期所受的痛苦的追思」（楊松年 229），說明哀悼犧牲的文化人和回憶逃亡經歷是當時作家的共同主題。〈獨立後華文文學〉中提到的趙戎和苗秀，他們的抗戰經驗在星馬，而方北方那時正在中國，八年抗戰和顛沛流離，累積的材料非常豐富，戰後連續多年寫出大量有關中國抗戰為背景的小說，對任何一個作家都無可厚非。若是他也像趙戎和苗秀那樣，憑空想像去描寫星馬抗戰的故事，反而不符合方北方的實際經驗。

他這個三部曲的寫作，其意圖正好跟同時代的趙戎和苗秀一樣，要把第二次世界大戰前後的境況展現出來。戰亂時刻，趙戎和苗秀在新加坡和馬來亞，方北方在中國大陸。趙戎在戰後出版了《在麻六甲海峽》（1961），苗秀則出版了《火浪》（1960），方北方這套《風雲三部曲》也是想要「欲為中國的抗日戰爭與民族自救運動，以及社會革命時代，留下一些歷史的真實史料」。二戰的時候，幾位作者在不同的地方，反映的戰爭背景自然不一樣。但是，作品都是對戰爭經驗的回憶，意圖是一樣的（楊松年 229）。

後來，方北方延續《風雲三部曲》的寫作理想，要為自己安身立命的所在地寫一部《馬來亞三部曲》，為自己族人留下文字記錄，無非就是實現身為寫作者的文化使命。（〈寫作是怎麼一回事〉250）。

從《方北方全集》的作品來看，方北方是一個勤懇的創作人，在他創作最鼎盛的三十年間（1950-1979），馬來（西）亞華文文壇遭遇重創，當地政府禁止中國書籍入口、活躍的文化人被驅逐出境、出版社蕭條，多方阻礙的環境中，方北方創作出多部長篇小說和短篇小說。觀察他的生平和創作年代，我們不難發現他不是一個即興的作家。他的創作背景和生活經驗有著緊密的關係，豐富的生活經驗提供了他取之不盡的題材。從中國回到檳城的最初幾年，他一方面創作短篇即時反映馬來（西）亞現實社會，另一方面也在慢慢經營長篇，把過去驚心動魄的經歷化成文字。他一向有寫日記的習慣，經過一段時日的沉澱後，才將日記文字提煉成文學作品（〈寫作是怎麼一回事〉241）。他的長篇《風雲三部曲》如此，《馬來亞三部曲》也是如此。

比較明顯的是一九四七年他從中國回來的幾年間，馬華文藝界正熱鬧討論著馬華文學本土化的時候，方北方卻在香港出版一本以中國大陸為背景的《春天的故事》，又將自己在潮汕遭遇大饑荒的經驗，寫成五萬字的報告文學，書名《每天死千人的古城》，一九五〇年在香港出版。若是撇開方北方的成長經歷，而單就作品的成書年代來看，這兩本作品和後來出版的「風雲三部曲」──《遲亮的早晨》（1957）、《剎那的中午》（1967）和《幻滅的黃昏》（1978），背景內容都是抗戰的中國，出版時間的確相隔太遠，如果不去閱讀每一本書的序和跋，不瞭解當時的背景和出版的淵源，就會覺得方北方三十年同一日，在創作的時候有「時地錯誤的荒謬」，三十年後還沉湎在抗戰的回憶中。

《風雲三部曲》的出版，前後經歷二十年才完成，在多篇文章中，方北方提到出版的過程中，他面對許多困難。當中也關係到戰後馬來亞的政治環境，他從中國回到檳城的前幾年（1948-1953），在馬華文學史上稱為「緊急狀態初期」（方修 79）。為了遏止左翼思想對馬來亞華人的滲透，英國殖民政府加強管制民間的結社與出版活動，限制人民的政治活動和言論自由，書籍出版減少，文人消沉，文壇進入「馬華的冬眠期」（李錦宗 370）。方北方有關中國背景的抗戰小說尤其不容易找到出版商。此外方北方家裡十一個人靠他微薄的教員薪金糊口已經不容易，將作品出版更是件奢侈的事，因此讓他拖延了出版時日。評論者由於沒有看到方北方的原書的序和後記中，有許多關於出版的過程的自述，[4]才會誤以為方北方的出版品的創作意識與時代脫節。

《風雲三部曲》以中國抗戰為背景，和中國大陸有千絲萬縷淵源的方北方「欲為中國的抗日戰爭與民族自救運動，以及社會革命時代，留下一些歷史的真實史料」（〈創作與出版——「風雲三部曲」總序〉274），是一個見證過那個大時代的寫作者的理想。《風雲三部曲》之一的《遲亮的早晨》連印了七版，可見此類題材當時受到歡迎程度。

方北方以《風雲三部曲》奠定他在馬華文壇的地位，然而在他更多的經驗是在馬來（西）亞。我們甚至可以說在馬華文學本土化的過程中，他是一個「南洋色彩」、「馬來亞特色」的實踐者。他從事教育四十多年，寫作五十多年，就是將他的生活經驗，化成文字。

戰後他回到馬來亞，正值國內政治局勢風起雲湧，國家爭取獨立、種族紛爭和社會亂象刺激了他的寫作靈感。他一邊整理在中國收集的舊材料，一邊創作新題材，在《風雲三部曲》出版的過程中，他發表多篇以本地素材為主的短篇和中篇小說。他的大部分作品都是他在馬來（西）亞經驗，他關心華人在各領域的發展，特別是都市、鄉村裡的小人物生活（楊松年 233-234），因此方北方的作品也可以說是本地華人在馬來西亞奮鬥生活的一個縮影。他的作品反映了獨立前後馬華文壇的現狀，也反映了華人在馬來（西）亞各個領

[4] 作者坦白說許多有關方北方作品的評語乃借用他人論文文字，並非親自閱讀。見陳鵬翔 338。

域拓荒創業的精神，如《檳城七十二小時》、《娘惹與峇峇》等，都是當時的力作。

一九六九年，馬來西亞發生「五一三」種族暴動後，政府擬定多項不利華人文教的政策（何啟良 85）。身在教育界的方北方，特別感受到族群之間權益的矛盾帶來的種族關係緊張，華社內部的分裂與鬥爭，讓他痛心疾首，讓他決心在日後一定完成以馬來亞為背景，書寫幾代華人的故事的《馬來亞三部曲》（又名《激流三部曲》），為自己的民族在馬來（西）亞土地上的奮鬥的歷史留下文字記錄。

讀方北方的作品，實際上讀著他的生命歷程，也看到一個從小在馬來亞長大，經歷回去中國參加抗戰，最後回到馬來亞定居的華人的思想變化。他們對本土的認同和國家的認同的形成是漫長的、艱辛的。

五、寫作與評論：文人的典範

縱觀《方北方全集》，一至十卷都是小說創作，第十一卷到第十六卷分別是：「散文和雜文卷」一冊、「報告文學和通話卷」一冊和「評論卷」四冊。第十一卷的「散文和雜文卷」由《北方散記》（1954）、《笑的世紀》（1962）和《北方春草遲》（1975）三本書組成。這一卷裡，他將對社會的觀察以文藝雜感和社會雜想的方式發表。同時也有許多談論文學的篇章，以介紹作家和談論文學創作的經驗為主，如〈記一個被饑餓扼死的文化人〉（1952）、〈歌德與海涅〉（1953）、〈論詩創作〉（1953）、〈現代中國作家的認識〉

（1973）等。在一九五四年出版的《北方散記・題記》中，他說自己要寫作的原因是：「因為我是人。為了要生活得美麗和生活得有意義，所以我選擇了寫作的志趣。既然選擇上了寫作，就應該為人生為社會而寫作了」（《全集 13》7）。

方北方的創作理念和生活經驗息息相關，是不容質疑的。一九七〇年代後，方北方才比較明顯涉及文藝評論。這也多是應當地文教團體的要求，到處演講。他將自己的創作經驗與眾人分享，希望能夠給有志寫作的年輕人一些指引。收集在這些評論集的文章有些是文學講座的講稿，如在〈談馬華文藝批評〉一文注明「本文乃作者於一九七九年四月間在馬來西亞寫作人（華文）協會假波德申主辦文學工作營座談會上鎖發表的專題演講稿」（《全集 13》34-48），介紹馬華文藝批評的過去和現在的現象。

同年十一月，他在檳城理科大學華文學會主辦的文藝講座上，作了〈文藝的使命與創作方法〉的演講。這是一篇可以涵蓋方北方創作理念的文章，在這篇講稿中，他強調「從事文藝的工作者，此時此地必須發揮積極的愛國主義精神。大家除了認真反映人民的生活內容，也應反映各族人民的生活要求，發揮文藝教育的作用」（《全集 13》53-54）之外，他也說：「其實嚴格地說，一切文藝作品所謂創作方法，是沒有不變的。原來文藝應該是沒有固定的寫作方法；有固定的方法不是創作。創作與製造完全不同」（《全集 13》54）。這一番話證明方北方在文學實踐中，固然是堅持現實主義者，但是他在許多公開的場合上，卻沒有排斥其他的文學流派和寫作手法之意，反而在行動上表現出他對其他流派欣賞的誠意。

一九八三年，方北方任作協會長，他開創的馬華文學寫作講習班，第一屆就邀請了現代派詩人兼領袖——溫任平主講〈現代詩的欣賞〉，第二屆邀請張景雲為學員主講〈正確認識現代主義和馬華現代派文學〉（方北方，〈馬來西亞的寫作講習班〉76-77）。此外他也為推崇現代主義的作家——端木虹的文藝評論集作序，標題為〈分道揚鑣‧志在風騷——評松柏書系之十《話文藝的桑麻》〉。此書主要是確定馬華現代詩的發展意義和地位，甚至否定馬華現實主義創作的成就。方北方在序文中多方讚賞作者在推動現代詩方面的努力，以寬容大量的氣度，洋洋灑灑六千多字的序言去推介這本跟他創作理論背道而馳的評論集（《全集 15》144-154）。一九八六年，他在一篇致韓江中學新聞系學生的一篇文章，特別推薦剛從台灣留學回國的傅承得，他覺得傅承得在台灣得到現代主義的洗禮，返馬之後寫得文藝批評很有水準，對他十分讚賞（方北方，〈傅承得寫得好——致韓中新聞系的幾個同學〉192-196）。

此外，《全集》歸類的「評論集」四卷，大部分的文章乃應文教團體之邀所作的文學講演、讀書隨筆和給他人的書序，也有部分是史料整理和對馬華文學發展的看法。方北方在這幾本評論集的「前記」、「後記」都寫得十分謙虛，如《馬華文藝泛論‧前記》，說自己的文字只是表達他對馬華文藝的看法和心得，如寫得不確切，他願意接受批評（《全集 13》5）。在《馬華文學及其他‧前記》也說這些文字是他參加馬華文學評論和活動的小結，沒有獨特的見解，只因具有紀念性，所以敝帚自珍（《全集 14》7-8）。《方北方文藝小論‧後記》說自己的文字不成氣候，格於自己當時的眼光，今日所寫的論點，也許明天就可以推翻（《全集 15》269）。這些「前記」、「後記」的文字，多少看出方北方對自己文字的態度。

方北方撰寫這些文藝評論時，是在評論匱乏的一九七〇年代，和他擔任作協會長期間的一九八〇年代。正如〈獨立後華文文學〉的撰寫者所說，方北方是一個對寫作事業獻身的作家，他的一生都在寫作，誠實地記錄生活。方北方關心馬華文學的前景，希望通過一己之力，推動文運的發展。身為年輕人的文學導師，他不時接受文教團體的邀請，前去演講自己創作的經歷和發表文藝評論的看法（方北方，《看馬華文學生機復活・後記》185）。一九八〇年，六十二歲的方北方當選為作協會長，為了將馬華文學帶到國際，他經常出席國際會議，發表有關馬華文學的文章。

作為一個著作等身的作家，一生獻身於寫作，已屬難得。方北方在六十二歲之後還經常撥出寶貴的寫作時間，以患高血壓之軀積極推動文運，南下北上奔波，為的是培養馬華文壇的接班人（〈寫作是怎麼一回事〉233）。在他擔任作家協會會長的那幾年，積極推動作協和其他文教團體主辦文學獎、文史展和寫作講習班（方北方，〈小說獎・文史展・講習班——一九八三和一九八四年馬華文壇三件大事〉82-89）。不辭勞苦地出席各種講座會、交流會和研討會，也很勤奮地為其他後輩作家作序。這些都是他對馬華文壇的貢獻。

但是，方北方畢竟只是一個作家，不是文藝理論家，也不是受過嚴格訓練的學術人員，他的文藝批評充其量只是對自己創作過程總結出來的看法，隨想隨寫，沒有經過嚴謹的歸納，也沒根據學術論文的規範。一九七〇、八〇年代，本地學術界缺乏研究馬華文學的學術人員，加上留學台灣的年輕一代多選擇在台灣發展，馬華文學研究可謂真空的年代，馬華作家們身兼評論者，撰寫文章參加國際研討會，也是不得已之舉，這是一九八〇年代馬華文壇常見的現象。有些評論者以方北方的文稿有關創作理念的文字作出嚴厲的批判，甚至想要在這些文字中看到他對文學理論的「研究和闡發」，未免太過苛求了。

結語

追求理想家園是方北方小說的重要主題，他多處表達對先輩開墾拓荒功績的紀念與肯定，寫出了一篇篇南洋華人掙扎求生的血淚史，並見證馬來（西）亞獨立前後華人對國家認同的心理掙扎。在馬華文學本土化的過程中，方北方是表現「南洋色彩」、「馬來亞特色」的實踐者。抗戰時期的僑民意識，抗戰之後逐漸形成的本地意識和建國理想，以及後來參與國家政策的評論，明顯看到他與時俱進的參與感。他關注華人建立家園的選擇、命運，族人的文化困境、前景，種族矛盾，以及馬華文學的未來，都是他關心的內容。

作為一個作家和教師，方北方對文學的熱忱，影響了一個時代的寫作人。在他身上，他的作品中，體現出一種不屈不撓的拓荒精神，為馬來西亞文壇樹立了剛正不阿的作家與教師典範。《方北方全集》的出版，是馬華文壇對方北方的一個肯定。將方北方的作品集中出版，也方便評論者梳理出方北方創作的歷程，讓後世人給他一個公正的評價。

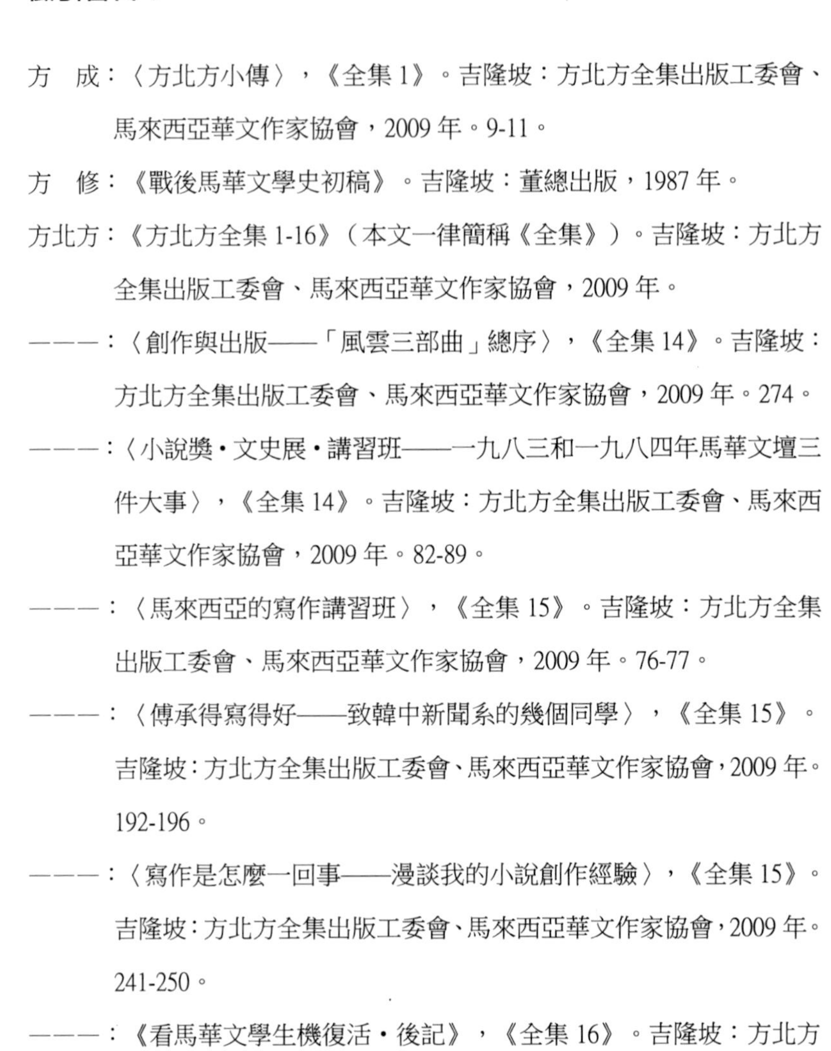

徵引書目：

方　成：〈方北方小傳〉，《全集 1》。吉隆坡：方北方全集出版工委會、馬來西亞華文作家協會，2009 年。9-11。

方　修：《戰後馬華文學史初稿》。吉隆坡：董總出版，1987 年。

方北方：《方北方全集 1-16》（本文一律簡稱《全集》）。吉隆坡：方北方全集出版工委會、馬來西亞華文作家協會，2009 年。

———：〈創作與出版——「風雲三部曲」總序〉，《全集 14》。吉隆坡：方北方全集出版工委會、馬來西亞華文作家協會，2009 年。274。

———：〈小說獎・文史展・講習班——一九八三和一九八四年馬華文壇三件大事〉，《全集 14》。吉隆坡：方北方全集出版工委會、馬來西亞華文作家協會，2009 年。82-89。

———：〈馬來西亞的寫作講習班〉，《全集 15》。吉隆坡：方北方全集出版工委會、馬來西亞華文作家協會，2009 年。76-77。

———：〈傳承得寫得好——致韓中新聞系的幾個同學〉，《全集 15》。吉隆坡：方北方全集出版工委會、馬來西亞華文作家協會，2009 年。192-196。

———：〈寫作是怎麼一回事——漫談我的小說創作經驗〉，《全集 15》。吉隆坡：方北方全集出版工委會、馬來西亞華文作家協會，2009 年。241-250。

———：《看馬華文學生機復活・後記》，《全集 16》。吉隆坡：方北方全集出版工委會、馬來西亞華文作家協會，2009 年。185。

———：《樹大根深・後記》，《全集 5》。吉隆坡：方北方全集出版工委會、馬來西亞華文作家協會，2009 年。320-323。

———：《頭家門下・後記》，《全集 4 》。吉隆坡：方北方全集出版工委會、馬來西亞華文作家協會，2009 年。436。

何啟良：〈獨立後西馬華人政治演變〉，《馬來西亞華人史新編》第二卷。吉隆坡：馬來西亞中華大會堂總會出版，1998 年。85。

李錦宗：〈戰後馬華文學的發展〉，《馬來西亞華人史》。八打靈：留台聯總，1984 年。370。

崔貴強〈華人社會演變（1945-1957）〉，林水檺、何國忠、何啟良、賴觀福合編《馬來西亞華人史新編》第一卷。吉隆坡，馬來西亞中華大會堂總會，1998 年。139。

陳鵬翔：〈獨立後馬華文學〉，《馬來西亞華人史新編》第三卷。吉隆坡：馬來西亞中華大會堂總會出版，1998 年。

楊松年：〈獨立前華文文學〉，《馬來西亞華人史新編》第三卷。吉隆坡：馬來西亞中華大會堂總會出版，1998 年。229。

林景漢〈獨立後華文報刊〉，《馬來西亞華人史新編》第三卷，頁 132。

[2011, 2018]

姚拓小說中的亂世兒女與家常書寫

前言

姚拓，本名姚天平（1922-2009），生於中國河南省鞏縣。姚拓一生可以分成兩段，前半段顛沛流離，經歷中國軍閥割據、青年時參加抗日、捲入國共內戰。一九五〇年南下到香港謀事，一九五七年由香港調任新加坡《學生週報》的主編。後半段人生從一九五八年開始移居馬來西亞，從此在該地安居樂業，不曾離開馬來西亞。[1]

姚拓從五〇年代開始創作，涉及的文類包括小說、散文和戲劇，也為電視台寫了許多具有本地特色的劇本。已經出版的小說集有《四個結婚的故事》、《彎彎的岸壁》、《姚拓小說選》等。他也積極投入編寫和出版華文教科書工作，編選了許多古今中外經典名作，作

---

[1] 姚拓在出版業和飲食業頗有成就，卻沒有申請成為馬來西亞公民。直到去世，仍然沒有正式的身分證，無法申請護照出國。

為馬來西亞中學和師範學院的華文選文，影響幾代華校生對中國文學的喜好。他是馬來西亞歷史最悠久的純文藝刊物——《蕉風》的守護者。姚拓從編者的身分轉變到出版人，都堅持每個月出版《蕉風》，直到一九九九年他退休為止，一直維持了四十多年。基於他出色的文學創作和積極推動文學的努力，一九九三年，他獲得第三屆馬來西亞華文文學獎。二〇一二年，大馬華文作協為他出版了短篇小說選集《九個字的情書》，收集他的優秀短篇小說，列為「馬華文學獎大系叢書」之一。[2]

早期馬華作者傾向寫實主義，姚拓活躍於一九五〇、六〇年代，經歷殘酷戰爭和死亡離散，姚拓的小說具有強烈的現實主義精神和人道主義關懷，他以個人的人生歷練轉化為各個小故事，小說中有他母親的影子、戰友的臉孔、同事的言行以及左鄰右舍的雞毛蒜皮的瑣事。和其他同期的馬華作家比較，他多了一份從容、睿智。他寫不堪回首的戰爭回憶，也寫無奈的悲傷命運，然而他可以將沉重傷痛的人生課題寫得幽默機智，在荒誕的情節中顯露人性的卑劣和陰暗，在歡聲笑語中暗藏悲劇的眼淚。

本章將探討姚拓在時局遽變的洪流中，如何遊走於小日常與大時代之間，在風趣與憂思之間，或真實與虛擬之間，進行他的小說敘述。

---

[2] 姚拓《九個字的情書》(台北：釀出版，2012 年)，此書收集姚拓最好的廿二篇短篇小說，本文所引用姚拓之小說皆出自此書。

一、戰爭的反思：小我與大我

馬華文學一向不缺敘述族群移民歷史、華文文化教育、經濟政治、社會問題和國家認同等課題。五〇年代崛起的馬華作家，幾乎都經歷戰爭、移民、國籍轉換、文化融合或主體意識的質變，因此感慨特多。在如此沉重憂鬱的時代書寫中，姚拓可說超脫同一個時代的作家。他閱人述事、洞若觀火，筆調不徐不疾，幽默中暗藏諷喻，荒謬中透露些哲理。他寫日常生活寫得生動幽默，如行雲如流水，但不瑣碎。他真正關懷的是在歷史大敘述之下，人心在荒涼陰暗的世界中依然閃爍的人性光芒。

姚拓在他的戰爭主題中，一再提到參加雲南滇西的抗日戰爭，但他不是要描寫抗日的壯烈或歌頌軍人的犧牲，而是要傾吐身為一個普通人的生存願望。在戰爭面前，有人為了家人的未來平凡地偷生，有人不惜放下家人為國壯烈犧牲，這都是個人自由的選擇，無所謂大我小我、應該不應該。就像姚拓說自己是一個平凡的人，有著平凡不偉大的願望：「我的故事最為平凡，我也希望那個它今後還是這樣平凡下去吧！」[3]他看到戰爭所帶來的毀滅和痛苦，如果有得選擇，他寧可生存在沒有戰爭的年代。瞭解了這一點，我們就不難理解姚拓在其戰爭主題中表現的人道主義精神。

姚拓的戰爭主題小說並不歌頌英雄主義，更多的是寫戰爭所引

---

[3] 姚拓：〈四個結婚的故事〉，《四個結婚的故事》（雪蘭莪：蕉風，1992 年），頁 60。

發的人性的思考。〈最不能忘記的一張臉〉的故事發生在一九四四年六月間，正是中國抗日最激烈的時期。敘述者「我」身在一個抗日部隊，他們的任務是要反攻山上的日軍據點。一陣槍林彈雨以後，「我」跳進戰壕，竟不偏不倚踏壓在一個日本人身上，本能地舉起槍托正要向他的頭上打去——

> 忽然發現他的胸前的衣服盡是鮮血，他的空著的兩隻手，正緊緊地按著他那湧著鮮血的胸口。他閉著眼睛，臉孔是那麼蒼白。也許是人類內心深處的善良之感吧，我舉得高高的槍托，猶疑著又收了下來。[4]

在兩軍對決的時候，我不殺敵人，敵人必然殺了我，對敵人萌生憐憫，是軍人的大忌。從另一方面來看，主角的猶豫卻說明人類的良知超越了仇恨的表現，因為眼前的日本軍人還很年輕，輪廓清秀，而且已經受了重傷，因此敘述者說也許是人類內心深處的善良之感，讓他下不了殺手。可是當滿身是血、左臉頰被炮彈片削去了一塊肉的連長瘋狂地衝過來時，作者就沒有辦法阻止其怒氣，連長狠狠地舉起衝鋒槍托擲了過去，正好擲在那個日本人的頭上，日本人倒地死了。作者在敘述中平靜地描述這場戰事的小插曲，而日本年輕人死去的臉一直在他的心裡，永遠都忘不了，十多年過去了，還是那般清晰和深刻。這篇小說寫的是戰爭的殘酷，也是作者對戰爭的反思，無論是日本軍人，還是中國軍人，都是戰爭下的犧牲者。在「同是人類」的大前提下，人與人之間沒有國家、族群、黨派之

[4] 姚拓：〈最不能忘記的一張臉〉，《九個字的情書》，頁 322。

分，或許這就是姚拓一生所嚮往的理想世界。

姚拓的戰爭主題中，寫得最痛的是〈雙楊〉。當年的國共內戰，國民黨退守台灣，許多家庭分割兩岸四十多年，生死不能相聚。戰爭不止對個人命運的影響，更是凸顯了生命的荒謬、造化弄人。〈雙楊〉的開篇說這大千世界，「既可愛又可憐，既美麗又醜陋，既溫柔又殘酷，既完全又殘缺，荒謬之中喊著情愛，情愛中又含著荒謬，人生比戲劇還要戲劇，比小說還要小說。」[5]而姚拓的〈雙楊〉就是要寫一個人生顛倒、顛倒人生的故事。

〈雙楊〉是楊哲和楊敏這對戰爭時結合的夫妻荒謬而無奈的命運，背景橫跨一九四四日戰爭之後是國共內戰，戰後敘述者輾轉到了香港，聽到楊哲隨著部隊退守到中緬邊界，下落不明，而楊敏帶著年幼兒女住在台灣鄉下，等待楊哲，生活陷入困境。三年後，在得不到楊哲的消息下，楊敏改嫁給一位軍官，後來又生養了四個兒女，生活過得相當不錯。楊哲的兒子楊保已經是陸軍上校，近期可能晉升為少校。如果雙楊的故事到此為止，上帝似乎仁慈，然而，三十五年之後，楊哲在世的消息確實，住在偏僻鄉間的一個窯洞裡面，孤苦伶仃，又老又窮。三十多年，受盡折磨然而沒有自殺，只因為想要在有生之年，再見愛妻楊敏和楊保兄妹。上天註定不能成全楊哲四十年的等待，楊敏有了新的家庭，楊保不能承認在名義上已經「陣亡」的烈士父親。楊哲對自己忍辱偷生的日子作出了「我是不是白活了這輩子」的痛訴，敘述者也為那個時代作了這樣的注解：

---

[5] 〈雙楊〉，頁 241。

「我們這一代的人， 有誰不是白白活了一輩子？大家只是大巫、小巫罷了！」[6]國共內戰造成親人分離的悲劇，比抗日之戰更加殘酷無情。〈雙楊〉寫來十分自制，彷彿說著與自己無關的故事，沒有偏激的反戰語言，同族相殘的悲劇卻是比任何控訴更加震憾。

〈四個結婚的故事〉講述四個一起抗日的好兄弟，在國與家之間所做的抉擇。原本英勇善戰的王連長有了妻兒之後，變得貪生怕死，不敢再衝鋒陷陣，最後臨陣逃脫成了被通緝的逃兵，敘述者再見到他的時候是一個賣橘子的小販，與妻女過著平凡的生活。第二個結婚的是同連的排長，英俊瀟灑的屠龍，在一場戰役中負傷，順理成章回鄉成婚，在妻子的慫恿下，申請退役改行沒有危險性的郵政。第三個結婚的是接替王連長位置的張德明，在日軍投降後和相戀已久的表妹結婚，得到大家的祝福。剛結婚一個月，張德明和敘述者又上了東北的戰場。在這次戰役中，張德明不幸陣亡，敘述者受了重傷。張德明的新婚妻子不堪失去丈夫的刺激，因此發瘋。最後一個結婚的故事是敘述者自己，看了三位戰友的結局，有因結婚萌生怕死的念頭，放棄了軍人的身分，有因戰死而讓在世的妻子嘗到婚姻的苦果，敘述者說打定主意一輩子真的不結婚的，最後到了香港，他也結了婚，生了二男一女。參加了這麼多場戰役，九死一生，戰爭結束後，他既不在大陸或台灣享受成果，而是漂泊到香港、新加坡和馬來西亞，做了一個沒有國籍的人。回首前程往事，他問自己：

---

[6] 〈雙楊〉，頁 253。

> 假如這時候讓你過著你以前的軍人生活，那麼，你學王連長內？學屠龍呢？
> 還是學張德明？
> 在人面前，我將說：「我要學張德明！」
> 但在我的心內，我卻對我自己說：「賣橘子去！」[7]

唯有經過戰亂的慘痛，才會質疑戰爭的意義，進而希望一生從來沒有經歷過戰爭，更不想當什麼烈士。〈四個結婚的故事〉道出平凡生命的可貴，也說出了大部分小人物的心聲。〈萬裡長城〉，則站在歷史背後小人物的角度，反思歷史上偉大事蹟所付出的代價。

敘述者「我」在三海關長城溜達的時候，帶著崇敬的心情讚頌這座曠世工程的偉大，覺得這是民族的自豪。忽然幾個秦朝冤魂出現，跟他展開超現實對話。秦人和他辯論所謂的讓民族自豪的萬里長城，竟是建立在無數老百姓的血淚上，為了秦始皇的大業，他們挨過皮鞭、挨過饑餓、吃過穀糠、流過血、在雪地上爬[8]。他們的孩子凍死或戰死，自己也在建築長城的工地上飽受饑餓和苦役的折磨，生不如死。他們不要「烈屬」的榮譽，只要骨肉團聚。[9]〈萬里長城〉是借秦人的酒杯，澆自己的塊壘。隨著時間的過去，後來的人在日漸富強的兩岸，卻漸漸淡忘在抗日、內戰所犧牲的小人物。這是姚拓對荒謬世界的反諷，透露出他看透世事的悲憫胸懷。

---

7 〈四個結婚的故事〉，頁 213。

8 〈萬里長城〉，頁 183。

9 〈萬里長城〉，頁 183。

通過戰爭故事，姚拓為讀者帶出小人物的心聲，在「大我」面前，並不能要求每個「小我」都要犧牲親子之情或男女情愛，去完成大我，即使個體的地位再小，都有他們的生存意義，這是姚拓文字中流露出的一種人道主義關懷，[10]或者更貼切地說，戰爭主題是姚拓對生命的一種救贖，紀念那些先他而去的戰友和那些備受戰爭折磨的苦難的靈魂。

二、家常閒談的哲思：人生如戲

姚拓在《姚拓小說選‧再版序》中說：「我的小說，俱是興致所至的家常閒談......我只是把看到或聽到的身邊瑣事，或者我的親身經歷，一筆一字寫出來而已！」他的這一番話，驗證人生歷練對於小說家有極大的影響，字裡行間可以看到個人的文字修養的人生歷練，同時也肯定了姚拓作為一個現實主義作家的事實。

姚拓小說所描述的皆是最自然的生活，「瑣碎」如養小貓、寫情書給仰慕的人、歌唱比賽的小鬥爭、做保險生意的小貓膩、約會遲到的心情等；「家常」如丈夫有外遇、兩夫婦不知何故半輩子不說話、丈母娘敲詐未來女婿的禮金、搬家後父母擔心孩子的學習環境等等。這些被人視為毫無敘述價值的瑣事家常，在姚拓筆下竟然說得娓娓動聽，而且充滿閱讀趣味和生活哲思。

[10] 人道主義（humanism）是重視人類的價值，關心最基本的人的生命、基本生存狀況的思想，關注人的幸福，強調人類之間的互助、關愛。

《不記名的投票》開篇，姚拓便寫道：「說起來，這是不值得寫的一個小故事——」[11]既然不值得寫，那他怎麼又寫了呢？既然寫了，那一定有所表達，既然有所表達，那這個小故事究竟要告訴我們什麼呢？

故事講述某個地方的青年團體舉辦一場中學生歌唱決賽，冠軍熱門的三姐妹竟然遲到了十分鐘，於是由另外十位參賽者來投票決定她們是否可以繼續參賽。十個參賽者當中有五個是三姐妹平時最要好的同學，起碼有五年以上的交情；另外三個也是同在一個音樂家那裡學過鋼琴的，看起來很友善；其餘兩個女生，僅有點頭的交情，就算她們兩人都投反對票，對三姐妹也沒有什麼影響，於是三姐妹淡定地準備接受投票結果。第一張、第二張都是反對票，三姐妹還十分淡定。當開到第五張票，還是反對票時，三姐妹很氣憤地瞪著她們的知己好友。等到第八張也是反對票時，女孩們都坐立不安了，非常擔心以後見面難為情，到了第十張，仍然反對的時候：

> 「呀！十個人不由自主地衝口而喊，好像是按著電鈕一般，是那麼地整齊，那麼地劃一。然後面面相覷，說不出一句話來。奇怪地，十個人的表情也是那麼地劃一，同樣地睜大眼睛，同樣地淌流著汗珠。」[12]

此篇小說背景簡單，沒有太多心理刻畫。然而情結首尾呼應，對人與人的交往顯示寫得含蓄又有爆發力，結尾只寫了一行話：「這

[11] 姚拓：〈不記名的投票〉，《姚拓小說選》（雪蘭莪：蕉風，1992 年），頁 33。

[12] 〈不記名的投票〉，頁 38-39。

一次十張不記名的投票，變成了十張全記名的投票。」[13]戛然而止，宣佈他的小故事到此結束，讓讀者慢慢去品味裡面的玄機。原本不受大家重視的一場比賽，獎品也不很豐富，遲到的三姐妹其實也不在乎是否能夠上台或是得到名次，可是為什麼到了最後，三姐妹一定要爭取出賽，為什麼她們的八位好朋友都投了反對票呢？原來都是因為女孩們的虛榮心作祟，比賽現場來了廣播電台，要錄音和訪問前一、二、三名的優勝者的，以致大家有了相同的心思。小小的一次不具名投票，狠狠揭開了人性的弱點，朋友們之間的友好的面目底下，還是那麼一點私心，在關鍵的時刻，友情是如此不堪一擊。

姚拓在《義務媒人》中，講述一件為他人做媒的一件瑣事，也表現了平凡見真章的功力，將一個見錢眼開的婦女描寫得非常傳神。敘述者「我」義務幫遠親金家阿姨的女兒阿英做媒，將一個很老實的教書同事老夏介紹給金家。剛開始金家阿姨似乎很隨和，在一來一往的說親過程中，這個未來丈母娘的狐狸尾巴露出來了。老夏初次登門造訪，帶了一條純金的鏈子當見面禮，讓金家阿姨「喜歡得完全不見了眼睛，只看到她的金牙，閃閃地發著亮光」[14]。後來他們又去了幾次，一次沒帶水果，金家阿姨就「稍微顯出一點不高興的顏色」[15]；接著，金家阿姨不肯讓女兒立刻過門，說一定要經過訂婚這個階段。為了訂婚，老夏花去幾百元送禮、買戒指、辦宴席

---

[13] 〈不記名的投票〉，頁39。

[14] 姚拓：〈義務媒人〉，《姚拓小說選》（雪蘭莪：蕉風，1992年），頁10。

[15] 〈義務媒人〉，頁12。

等。一番折騰後，終於來到舉行婚禮。這時金家阿姨來個獅子開大口，「敲詐」老夏一千五百元的禮金，定做各色禮餅九百五十元，酒席四十桌。對一個月入只有一百三十六多元薪金的教師老夏來說，是一筆鉅款。喜宴當天，女方客人幾乎占了全部席位，當中大部分都和金家不熟，好像來充人數。這時的金家阿姨卻「喜歡得看不見眼睛，看不見鼻頭，只看見一張咧著的大嘴，掛在滿是皺紋的臉上。她連連對客人說著道謝的話，金牙在電燈下閃閃發光」[16]，好像是她平生最驕傲光榮的時刻。

姚拓並沒有一口氣描述金家阿姨的勢利，而是有序地刻劃金家阿姨佈局，一步步讓老夏深陷，使他無法忍痛放棄，有苦說不出。本來是一件平常的事，卻通過循序漸進的描述，吊住讀者的胃口，最後推向結局，老夏付不出酒席的費用，媒人騎虎難下，動用妻子的存款替老夏還了舊家欠款，主角從此不敢再為人做媒。姚拓寫出了貪財如命的小人物嘴臉，將女兒婚姻視為買賣，窮教師老夏的窘境和敘述者「我」的不自量力，寫來可憐復可笑，但不失親切、有趣，讓人莞爾。

〈彎彎的岸壁〉寫魯莊的張家老太太，看到河水日漸侵蝕張家田地的地基，擔心子孫後代賴以活命的土地有一天完全消失，決定在有生之年搬移沙石，去填補被河水沖蝕去的土地，企圖改變河道，以改變子孫的命運：

「可怕的那一天啊！」張老太太常常這樣在心裡想：假如田

[16] 〈義務媒人〉，頁17。

> 地沒有了，她的後代，她的孫子孫女們是不是就和那些沿門討飯吃的乞丐一樣，成天價皺著臉皮，拉著哀長而顫動的聲音，高喊著「大爺、大奶」地求人施捨呢！[17]

於是倔強的老太太每天都到河的對岸撿拾石子，再把石子堆到自家田地邊。張家的孩子們孔武有力，覺得這個舉動無補於事，反正田地崩塌也是多年以後的事，因此不曾加施援手。村裡的人也把張老太搬運沙石的行動當作笑話，紛紛去勸她。然而張老太還是每天去工作。第二年洪水如期來到，把張老太辛苦半年搬運回去的沙石全部刮走，還刮去一部分土地。張老太沒有絕望，當年的立秋，她又開始她的工作，縱使張老太有愚公移山的精神，奈何她的兒子沒有跟著她的步伐，甚至覺得母親的行動可笑，也勸她不要再去搬運沙石，原本跟著到沙灘玩的孫子也覺得無趣，也不跟著去作伴了。那天冬天，張老太太來不及完成挽救自家田地的工作，就病逝了。而張家的那塊田地依舊每年受到洪水的侵蝕，越來越削陷，遲早有一天會潰塌。〈彎彎的河岸〉說的是魯莊的故事，卻又彷彿就在眼前。張老太以一人之力無力回天，如果她的兩個兒子和孫兒和她一起工作，是否就能挽救張家留下來的田地呢？值得我們深思再三。

姚拓也寫悲喜交加的故事。比如〈降頭〉講述一個丈夫有了外遇，對象竟然是一個年華老去、外表也不漂亮的酒吧女，他的母親和妻子一致認為他一定是中了降頭。於是，妻子想不如以毒攻毒，就找一位降頭師來作法。接著，丈夫和情人一起殉情，兩人皆獲救，

---

[17] 〈彎彎的岸壁〉，頁 258。

吧女覺得跟著那個男人死了一次，已經還了他的情，決定自己離去。醒來之後的丈夫如變了一個人，仿佛忘了情人，和妻子重修舊好，甚至有了第二個孩子。這樣一個故事是喜劇，畢竟是大團圓結局；也可以說是悲劇，丈夫的出軌和後來的回頭，在妻子的眼中和降頭有關，然而在小說的敘述中，我們感到的更多是人生的缺失，夫妻關係總有不圓滿。人生的悲劇的前因後果那也只有歸咎於降頭的作用，才能解釋得過去，才獲得心安。

美國傳教士，明恩溥（Arthur H.Smith，1845-1932）在《中國人的特性》中探討中國人與戲劇的關係。他認為在中國人看來，人生無異就是戲劇，世界無異就是劇場，否則就不會有大量如「下場」、「落場」、「下台」、「坍台」和「拆他的台」這些詞語出現在中國人的生活中。正所謂戲如人生、人生如戲，姚拓本人也說過「人生比戲劇還要戲劇，比小說還要小說」[18]這樣的話，充滿對生活的理解。生活中有悲有喜、也亦悲亦喜，人物可以是英雄、小人，也可以是男、女，對姚拓來說，日常生活的題材取之不盡，充滿無限的可能。沒有絕對，才是真正的寫實。

三、荒涼的人心：幽默的嘲弄

姚拓小說除了戰爭反思之外，還有兩個特色值得注意：一是從日常生活隨意取材，並加入「輕鬆幽默、嘲弄味道、喜劇性情調」等

[18] 〈雙楊〉，頁 137。

元素的敘述手法；[19]二是隱藏在字裡行間，關於人性缺失的憂思，源自作者本身從生命中領悟出來，直接或間接地反映在其小說中。

具有這些特徵的如《矮冬瓜》一文，單看篇名已具備了笑點。「矮冬瓜」是一個「矮得有點像冬瓜一樣的姑娘」的別稱。姚拓還煞費筆墨把矮冬瓜的神態刻畫得異常有趣：

> **因為腿短腰圓，跑起來的時候，只能看到她那圓圓的身體，像不倒翁一樣左右不停地搖擺，遠遠看去，就更像一隻矮矮的冬瓜了。**[20]

故事講述一個傻裡傻氣、經常被村中其他姑娘取笑和捉弄的矮姑娘，某一天竟然誕下了一個白白胖胖的男嬰，而她聲稱經手人是村裡眾姑娘心目中的萬人迷阿蘇。這對於整村人來說都是極度荒唐、荒謬的事，先是收養她的女主人李老太太，腦中立刻升起一個念頭：「那麼一個漂亮的男孩子，除非是瘋了，才會愛上這麼又醜又矮的姑娘」[21]。消息流傳出去以後，大部分村民也覺得就算阿蘇一輩子沒見過女人，也不會找到她。

然而，世事往往出人意表，阿蘇親口承認這個事實，卻理直氣壯地回應他不會負責矮姑娘和孩子的未來，因為他要娶正常的姑娘當老婆。原本應該主持正義的村長在這個時候，心裡想的是像她這麼一個十足像只冬瓜的姑娘，怎麼能和他眼前這個英俊的阿蘇配在

---

[19] 各大評論家如陳鵬翔、黃萬華、劉秋得、李錦忠等對於姚拓小說筆調的形容；參馬華文學館網頁，http://mahua.sc.edu.my/。

[20] 姚拓：〈矮冬瓜〉，《四個結婚的故事》（雪蘭莪：蕉風，1992 年），頁 7-8。

[21] 〈矮冬瓜〉，頁 15。

一起呢，假如硬要逼著他們結婚，反而在良心上是一種罪過！於是，村長做主將矮姑娘生下的孩子送到孤兒院，對阿蘇的行為也沒有繼續追究下去了。最為諷刺的是，矮姑娘因失去嬰兒而痛苦的同時，阿蘇卻毫無愧疚，一如既往在村裡趾高氣揚地走著，村民們見到了他不但不批評，還打趣著說：「阿蘇呀！你真傻，要找姑娘，怎麼不找個好的呢！」[22]

在全篇小說中，作者用無比輕鬆幽默的方式敘述，那些人物的行為、舉動和說話都那麼令人發笑，但在笑聲背後，卻反映出人性的醜惡，善惡不分和道德淪喪。愛美本是人的天性，一旦將這種執著於美的心態延伸到以貌取人，貶低別人，就是一種病態。〈矮冬瓜〉裡村民對矮姑娘和阿蘇的不同態度，折射出村民的無知和愚昧，甚至顛倒了道德價值觀，也是一種人性的缺失，這種荒唐的現象和觀念普遍存在於當時社會。

說到人性，姚拓的確深有感慨，他曾經說過這樣的話：「我們人類號稱萬物之靈，又愚蠢之至；古代如此，現在也是如此；固執、偏狹、自私、愚昧，加上貪婪與好鬥，結果到了二十世紀，我們居住的地球，仍然戰爭迭起，饑饉交替，真不知世界大同的日子何時才能到來。」[23]姚拓的小說如〈保險生意〉、〈無謂的糾紛〉、〈奪「妻」之恨〉、〈半邊燒餅〉、〈走死運的人〉等也存有這幾種根本劣性的人物，但他沒有說教的立意，僅忠實地反映出這樣的一種心

---

[22] 〈矮冬瓜〉，頁22。

[23] 姚拓：〈再版序〉，《四個結婚的故事》（雪蘭莪：蕉風，1992年），頁6。

理層面和可能帶來的結果，領悟與否皆在人心。誠如姚拓所言：「我的文章並沒有說教，我只是將荒唐、荒謬的一面拿出來給人們看，雖然沒有教育性，但事實上已有了教育的含意。」[24]

姚拓的小說敘述可說是開放性的，完全將決定權交給讀者：「這些故事有什麼含意？或者是否百分之百地真有其事其人？或者讀者讀了之後會有什麼反應？這都是讀者本身的事情，由大家隨便去臆測吧！」[25]簡言之，要將其小說解讀成生命的教育也好，要將它當作日常的娛樂也罷，作者絕不會在意。

表現「荒謬」的小說有〈保險生意〉。故事講述一個傢私店的帳房，為了一時貪念，妙想天開竟然想利用保險發財。他先物色一些職業時刻和死神打交道的人作為投保對象。他每月代付保金，如果被保的人意外死亡，保金五五分賬。這本來是萬無一失的如意算盤，他掏出私己錢來當作投保的本錢，以為可以淨賺多筆橫財。誰知人算不如天算，第一個目標是鉛字排字工人，投保一個多月保單還未生效前就患癌去世。第二個是鬧失戀情緒的羅厘司機，三個月後和女友複合，不再魯莽駕駛。第三個是個挑泥水工人在幾個月後改行，主角白白代付了十個月的保費。第四單保單是貧病交加的印度人三兄弟，由於主角妻子的積蓄用完，他盜用公司的錢為三兄弟投保，三位印度大兄不告而別回去印度老家，讓他虧空公款千餘元。為了

---

[24] 馬侖：〈姚拓〉，《馬華寫作人剪影》（柔佛巴魯：泰來出版社，1979 年），頁 131。

[25] 姚拓：〈再版序〉，《彎彎的岸壁》（雪蘭莪：蕉風，1992 年），頁 5。

填補虧空的漏洞，他把最後的希望放在一個肺病到了第三期的印度牧羊人身上，誰知投保了兩個多月，牧羊人中毒身亡，主角成了殺人嫌疑犯。雖然他在事件查出真相後終得釋放，但也被公司發現他盜用公款，因而被辭退，而且還背了一身的債。

故事結束前，姚拓還不忘展露其戲劇之筆，將荒誕的情節推到極致：

> 我從法庭釋放出來，剛回到了家，我的表弟就來了。我對他苦笑了笑，沒有說話。他趁我太太不在的當兒，卻低聲對我說：「表哥，我已經學會了你的本領。現在，我願意代你保險二萬元。保金三份均分……」
>
> 「混——蛋！」我氣得渾身發抖，一腳把他踢了出去。[26]

〈保險生意〉寫人性的貪婪可以讓人做出許多荒謬的舉動，投機越大，財務的危機越陷越深，接著謊言也就越編越大。為了把虧掉的錢贏回來，不甘心輸掉積蓄的主角虧空公款去替人投保，最後一次，不單沒有得到好處，還惹上官司，失掉工作，也失去了做人的信譽，真的賠了夫人又折兵。

姚拓的小說〈無謂的糾紛〉也反映出了人性「好鬥」的一面。話說外號「小雞」的一個雞蛋售賣員，能言善道，小道消息多，在衛星市深受歡迎。某次他到印度醫生那裡掛診看病，因等不及醫生太太來做翻譯，就跑到對面的鉤鼻子醫生那裡去，惹得印度醫生很生氣。當他下一次再到印度醫生那裡去看診時，竟然被趕了出來。這激起

[26] 姒拓〈保險生意〉，頁52。

他的「鬥志」，也找機會報復，故意到印度醫生診所附近進行賣雞蛋活動三天，把醫生太太引出來買雞蛋，卻故意不把雞蛋賣給醫生太太。從此和印度醫生夫婦結下了梁子，怒火還越燒越烈，過程十分生動逗趣。

先是印度醫生開車跟在騎腳踏車的小雞後頭嚇唬他，害他翻了腳踏車受了傷，路人圍觀，小雞覺得很沒有面子。為了報一箭之仇，他用三個月時間去學汽車駕駛，考到了駕駛執照，他偷偷向司機借了載雞蛋的貨車，每天到街上去兜轉，尋找印度醫生的車子。終於有一天他看到印度醫生那輛小紅車，小雞很興奮地開著小貨車去緊迫駕小紅車，兩輛車子碰了一下，分開向路邊衝去，小紅車撞進水溝，貨車卻撞向大樹，車燈和前玻璃鏡都撞壞了，幸好兩人都沒受傷。印度醫生氣得大罵，小雞也不甘示弱針鋒相對。最後，小雞被公司開除，由於「名聲」太大，沒有其他公司願意僱用他。印度醫生繼續開他的診所，還換了新車，坐在巴士上的小雞，眼巴巴看到印度醫生繼續風光，很是生氣，心裡又有了計畫，他在心中向印度醫生宣戰：「好吧！等我學會開巴士，再和你較較高低！」小雞樂觀、好勝的個性不用在正途上，讓人覺得好氣又好笑，他把不屈不撓的脾氣用在為小事鬥氣，為解一時之氣而做出損人不利己的事，結果害了自己。更可笑的是主角絲毫沒有反省之心，還想繼續無謂的鬥氣，繼續下去。

〈奪「妻」之恨〉寫無中生有的故事。工廠的技術人員仇榮是個偏狹、自私、愚昧的人，喜歡美麗的女工楊芝霞，認為他最先看到楊芝霞，所以該歸他所有，因此自作多情以護花使者自居，同時自慚形穢自己的外貌和地位，從來不敢採取行動去追求。結果讓工廠監工張貴保捷足先登，成了張太太。膽小、自卑的仇榮心生怨恨，認為是張貴保奪去了原本屬於他的妻子，懷恨在心卻又不敢表露不滿。後來他想到了一個辦法，就是藉故登門造訪張和楊的新居，鐵錘藏在西裝內，找機會暗殺張貴保。張貴保和楊芝霞看到仇榮到訪，意外又高興把他迎進屋裡去，他卻感到緊張，做賊心虛而周身不自在。當時天氣熱，仇榮汗流浹背，張和楊一直勸說仇榮脫去西裝，而仇榮擔心鐵錘掉出來，說什麼都不脫。僵持得越久，仇榮越感不適，最後竟倉皇逃走，而楊貴保夫婦覺得他詭異。仇榮的的自作多情和對楊貴保的怨恨其實沒有人在意，他想謀害楊貴保的動機也未被人識破，然而一向膽小、妙想天開的他卻感到羞愧、無顏回到工廠，再面對楊貴保和其他工人了。姚拓以正經的筆調寫仇榮滑稽的劣行，所有的想法和行為全在仇榮的心裡完成，完全沒有行動，最後仇榮心理作祟，自己失蹤，更是引發讀者好氣又好笑的閱讀樂趣。

〈走死運的人〉則是以詼諧之筆寫悲哀之事，極盡諷刺調侃之能事。周志奮十七歲開始寫作，是小有名氣的小說家。雖然稿件寫得多，卻因為連生了八個孩子，入不敷出，從當初的小洋房，搬到小茅屋，還經常欠房租的窘境。時過境遷，報館換了年輕的編輯，周志奮的稿件漸漸不受歡迎，他也受了許多編輯的氣。有一天周志奮帶著退稿回去，坐上的巴士出了意外，死了多人。周志奮昏迷不醒，送進了醫院。妻子和女兒誤以為另外一個難以辨認的屍體就是周志奮，記者爭相報導而造成社會轟動。報館連載原本退稿的小說，文人紛紛寫悼念詩文，出版社也爭著再版他的著作，一向不太看得起他的大學教授對他的作品加以好評，把他的作品翻譯成英文推介到國際，還拍成電影，文壇因周志奮的死而熱鬧了起來。

周志奮在半年之後醒過來，發現世界在他昏迷期間起了很大的變化：

> 世界上的事情，就是這麼地奇奇怪怪，巴士車上那個不明身分的替死鬼，竟給周志奮帶來了這麼大的運氣。現在，周太太不再住在他們那間破陋的亞答屋了。版稅源源而來，再加上兩家報館，賭氣競賽似的「募捐」，周家已經在城裡有了座不錯的房子；那幾個失了學的孩子，目前也已經背起書包上學了。[27]

原本感到氣憤的周志奮，看到兩家外國電影公司和妻子商討電影版權的新聞，他冷靜一想，自己這樣的死去比活著還有價值，最起碼自己的家庭有所改善，孩子們以後的生活費不用愁了，於是他接受了自己的「死訊」，準備埋名隱姓，到沒有人認識他的東海岸。在巴士上，想到自己的死帶來這樣的效果，他自言自語說：「早知道這樣，十年前我就該自殺了。」

以上幾篇小說的敘述輕鬆、有趣，他們滑稽的動作能夠博讀者一笑。然而，這種笑卻包含很深的悲哀，顯露作者內心對荒涼世界的嘲弄，荒謬的人心，荒誕的社會價值觀，人性偏執至此，讓人覺得不可思議，卻又不得不承認這些現象和這些人的存在，他們可憐複可笑，也可恨。最悲哀的是，大部分人受教育不高，毫無自省的

---

[27] 姒拓，〈走運的人〉，頁 147。

能力，大部分以卑劣當勇敢，以報復當正義，以虛偽當真理，以欺騙當本能。姚拓還要表達的是人性的荒蕪之感，在茫茫人海中，尋找理想的孤獨和悲哀。

四、讚美愛情：生命的真諦

姚拓的小說有很多自己的影子，大部分的故事距離實際的生活經驗不遠。就如〈四個結婚的故事〉文末這樣描述：「......在國破家亡之後來到香港，卻在無意中和一位香港小姐結了婚，現在已經生了二男一女；女的是香港人，男的一個是星洲人，一個是馬來西亞人；而他們的爸爸卻好像是沒有國籍的人了。」姚拓本人，在中日戰爭結束後的確去了香港，和一位香港小姐結婚，爾後有三個孩子，兩男一女。小說底下的潛文本「他們的爸爸」實際上就是姚拓本人的影子。「好像是沒有國籍的人了」，是對自己漂泊多地的感歎。

在〈九個字的情書〉一書中，有多篇是愛情的主題。這些愛情或許不偉大，卻是人生旅途上最美的風景，姚拓寫來無比真摯、溫馨。姚拓的小說在循序漸進的情節鋪排中，有時也加入喜劇的元素。

〈九個字的情書〉一篇，寫的是一個男生暗戀每天早上一起乘搭同一趟公車的女生，每天見面，卻不曾講過一句話，她的一舉一動都在他眼中，他的心情每天都在煎熬：

> 不知有多少次，當他夜晚失眠的時候，曾下過決心在第二天早晨和她見面時，一定要向她說一句「早安」。可是，到了第二天，他的勇氣早已被利箭射散，只剩下顫慄與快樂，在

痛苦而又甜蜜的心情下交相爭戰。[28]

一年後，歷盡相思之苦的他終於決定寫封情書向她表白，寫來寫去，改了無數次，最後就只寫了開頭的九個字「親愛的不知名的小姐」，再也寫不下去了。第二天，在下車之前他顫抖著心，鼓起勇氣遞交情書給她，誰知他被叫住了，女生把一封信交回給他——原以為是退信，原來女生也給他寫了只有開頭「不知名的先生」的信，沒有其他語言，也沒有署名，信紙上汗水浸濕過的痕跡，以及揉了又揉的皺紋，一切盡在不言中，他明白了那位小姐的意思。於是，他看到「陽光在笑，微風在笑，連路邊的小草也在跳著快樂的舞蹈」。一篇暗戀的小說寫得非常細膩，掙扎的心理漫長、患得患失，結局也很有戲劇性。

〈約會〉講述一個男生約了心儀女子「她」去看電影。那天，他早到了二十分鐘，而那女生遲到了。從約會的時間算起，又在電影院門口等了一個小時，女主角還是不見身影。主角的情緒在時間的漸進中推向極致，從滿心欣喜到焦慮到憤怒，覺得被女生作弄了。他設想著假如這時她來了，他要把戲票撕碎扔到她的臉上，然後啐一口痰在她的面前，一句話都不說，從此一刀兩斷。他邊詛咒著她，邊拖著腳離開電影院。就在他的情緒快要爆發的剎那——忽然一把聲音傳進他的耳朵：「真——真對不起！我來遲了！」[29]是遲到整整一個小時的她來了。這時，讀者期待他如剛才所設想的那樣，很

---

[28] 姚拓：〈九個字的情書〉，頁 62。

[29] 姚拓：〈約會〉，《四個結婚的故事》（雪蘭莪：蕉風，1992 年），頁 92。

有骨氣地當著她的面前把戲票撕碎並扔在她臉上，接著還要啐一口痰，然後掉頭走人不再理她。誰知——他什麼都沒有做，他只是呆呆地站在那裡一動也不動，眼睛內含著淚水：

> 僅僅就在這一霎那之間，他腦中半個世紀的怒氣，竟一下子跑個精光。他慌慌忙忙地向身上的所有口袋內搜找出來已經揉皺了的戲票，然後像小孩子一樣，拉起她的手來向戲院的門口跑去。[30]

這樣的結局，顛覆了讀者預期，形成反高潮的高潮，戀愛中的男女心靈脆弱多疑，容易受傷，在等待中的心情迂回轉折又在情理之中，讀來緊張又好笑。這種簡單又生活化的故事，卻具備讓讀者迫不及待窮追不捨的能耐，讓人輕易聯想到姚拓擅長編寫電視劇的特點。

馬來西亞電視台設立後，姚拓曾經參與了三十多部本地華語電視劇的編劇，如《三個王老五》、《小夫妻》、《兩家親》和《四喜臨門》等系列，都是當時民眾愛看的生活故事。[31]姚拓編寫戲劇的經驗，出現在他的小說佈局和敘述方式，也不足為奇。在他的巧思妙想之下，將一則又一則的日常故事，寫得趣味十足。

所謂電視劇，也就是英譯「drama」的一種戲劇模式。十八世紀法國啟蒙主義的戲劇家狄德羅（Diderot，1713-1784）提出：「一切精神事物都有中間和兩極之分。一切戲劇活動都是精神事物，因此似

---

[30] 〈約會〉，頁 92-93。

[31] 李錦忠：〈姚拓的文學歷程〉，《蕉風》第 457 期（1993 年），頁 34。

乎也應該有個中間類型和兩個極端類型。兩極我們有了，就是悲劇和喜劇。但是人不只永遠不是痛苦便是快樂的。因此喜劇和悲劇之間一定有個中間地帶。」[32]相對於傳統的悲劇和喜劇之外，戲劇可以有悲劇的因素，也可以有喜劇的因素。同樣的，姚拓也從來不刻意要寫悲劇、喜劇或是悲喜劇，他不過是想表現平凡生活尋找哲理，在順其自然的發展中看到人生的圓滿。

姚拓從來不強調自己要寫大主題小說，他寫的是生活上的悲喜和哲理。如〈石縫中的一朵小花〉，寫的是小花和愛情，又帶著生活哲理和文學的哲理。故事說在海邊一座荒蕪的小山丘上，有一條小徑，很少人經過，一株紫色的花開放了，美麗的花朵帶給不同人不同的感悟。牧師夫婦認為是上帝賜給他的啟示，和尚認為那是誘惑他的「魔」，教授看到的是人生哲學。畫家把小花和背景給畫了出來，三個文學家，分別寫小說、詩歌和評論，看到的也是不同的大主題，紛紛給出自己的意見，為了誰的說法最正確而大打出手。他們的打鬥給兩個小孩看到了，決定把小徑移動遠離小紫花生長的地方。十年後，小紫花在兩個小孩的照顧下，開滿了整個小山丘，長大的男孩就用小紫花向女孩求婚。

一朵紫色小花在小說中已經不是小花那麼簡單，隱約帶出姚拓的文學觀，小花本來就是小花，不同心境的人把小花的存在複雜化，甚至賦予小花的意義，最後見花不是花，不同文學觀的評論者還因而反目成仇，大打出手。無論是牧師、和尚、教授、畫家、作家還是

---

[32] 狄德羅：《狄德羅美學論文選》（北京：人民文學出版社，1984 年），頁 90。

評論家，都不及小孩的的純真心靈，他們看到的就是天地間的一朵小花，美麗會散放芬芳，是美好愛情的象徵。

〈石碑上的微笑臉孔〉也是寫純真的愛情，不需要太多道理去闡釋。寫一對情侶愛情長跑了二十年，女主角相信愛情必須經得起時間的考驗，一直沒有答應男主角的求婚。因緣巧合受到一個年輕女孩的墓碑所啟發，覺悟不應該用時間去考驗愛情，促成兩人結束愛情長跑，結成連理。

姚拓歌頌年輕人美好的愛情嚮往和夫妻之間真摯的感情，他的小說中有很多的家常瑣事、夫妻生活。他的小說主題不大，卻是以其生命歷練所得的感悟，蘊含雋永的生命哲思。他寫的人、事，悲喜之間有有豐富多彩的內容，正如他曾經說過的：「這個世界，就是如此的荒唐、滑稽，卻也如此的美麗與有趣！」[33]沒有絕對的美麗醜惡，才是真正的寫實。

結語

華人定居馬來西亞後，也面對多元種族和多元文化的衝擊。多元，牽涉到文化認同和種族對立的問題。姚拓也寫種族衝突和華文教育，但是他在敘述中把「大我」的大時代情懷放下，回到單純的「個人」本身，從個人的生活細節去表現時代的精神面貌，不去強調種族意識，畢竟在他看來，國家與國家之間的界限都可以摒除殆

[33] 姚拓：《姚拓小說選》再版序，頁 6。

盡了，更何況是族群之間的隔閡呢？

姚拓經歷過混亂紛雜的時代，從中國大陸到殖民地香港，又從香港到了新加坡，最後落戶馬來西亞，至死沒有申請成為馬來西亞公民。或許正是因為他經歷了大時代大事件，輾轉多國之後，把國籍的歸屬也看淡了。於是「我」退縮小到日常生活中，在家常瑣碎當中尋覓生命的真諦。

参引書目：

李錦忠：〈姚拓的文學歷程〉，《蕉風》第 457 期（1993 年）。

沈安琳：〈我眼中的姚拓〉，《蕉風》第 457 期（1993 年）。

狄德羅：《狄德羅美學論文選》（北京：人民文學出版社，1984 年）。

姚　拓：《四個結婚的故事》（雪蘭莪：蕉風，1992 年）。

姚　拓：《姚拓小說選》（雪蘭莪：蕉風，1992 年）。

姚　拓：《彎彎的岸壁》（雪蘭莪：蕉風，1992 年）。

馬　侖：〈姚拓〉，《馬華寫作人剪影》（柔佛巴魯：泰來，1979 年）。

張愛玲：《張愛玲全集・流言》（北京：十月文藝，2009 年）。

[2013]

論小黑小說的禁忌書寫與歷史建構

前言

小黑，原名陳奇傑（1951-），出生於馬來西亞吉打州，祖籍廣東潮陽，馬來亞大學數學系畢業，曾任中學數學老師、國民型中學校長，現任檳城日新獨立中學校長。他善寫散文和小說，已經出版的散文集有五本，即《玻璃集》（1983）、《一本正經》（1994）、《和眼鏡蛇打招呼》（1996）及《抬望眼》（2004）；小說也有五本，即《黑》（1979）、《前夕》（1990）、《悠悠河水》（1992）、《白水黑山》（1993）及《尋人啟事》（1999）。小黑小說以揭示現實社會和前衛技巧著稱，是馬來西亞重要的小說家之一，他於二〇〇六年獲得第九屆馬華文學獎。

二〇一二年，馬來西亞華文作家協會連同台灣秀威資訊，為十一屆馬華文學獎得主出版作品選集，列為「馬華文學獎大系」[1]。小黑從已經出版的五本小說集裡頭選出最具代表性的十九篇作品，結集成《結束的旅程——小黑小說自選集》。所選的篇章如下：

	篇名	小說集	出版／刊出年
1	（貓）和小鳥和螞蟻和人	《黑》	1979
2	黑	《黑》	1979
3	謀之外	《黑》	1979
4	失落了珍珠	《尋人啟事》	1999
5	人鼠	《尋人啟事》	1999
6	聖誕禮物	《尋人啟事》	1999
7	前夕	《前夕》	1990
8	遺珠	《前夕》	1990
9	十‧廿七的文學紀實與其它	《前夕》、《悠悠河水》	1990 1992
10	悼念古情以及他的寂寞	《悠悠河水》	1992
11	黯淡的大火	《悠悠河水》	1992
12	Sayang Oh! Sayang	《悠悠河水》	1992
13	一名國中生之死	《悠悠河水》	1992

[1] 「馬華文學獎大系」由潘碧華和楊宗翰主編，方北方出版基金贊助，台灣秀威資訊出版。十一位「馬華文學獎」得主是方北方、韋暈、姚拓、雲裡風、原上草、吳岸、年紅、馬侖、小黑、馬漢和傅承得。每位元作家精選一種文體作品出版。

14	如何建立一座花園的夢	《悠悠河水》	1992
15	樹林	《前夕》、《悠悠河水》	1990 1992
16	細雨紛紛	《白水黑山》	1993
17	白水黑山	《白水黑山》	1993
18	煉丹記	未結集	2003 刊出
19	結束的旅程	未結集	2006 刊出

從創作的時間來看，作者所選的這些小說都具代表性，橫跨一九六九年至二〇〇六年之間[2]，在目次排列上作者對作品的先後次序做了修正，目次不依照小說集的出版年，而是還原作品的創作年代，作者有意為自己的作品重新安置在恰當的時期，免得後來研究者錯誤判斷[3]，所以才有最後出版的《尋人啟事》的三篇作品（〈失落的珍珠〉、〈人鼠〉和〈聖誕禮物〉）在目次上反而在前的現象。[4]

---

[2] 小黑在第一本小說集《黑》的序文提到，《黑》收錄了一九六九年至一九七八年間的作品，《結束的旅程》則在二〇〇六年刊出。

[3] 此自選集的前面六篇，分別出自《黑》（1979）和《尋人啟事》（1999），出版日期相隔廿年。這六篇作品中，除了〈失落的珍珠〉和〈人鼠〉發生在同一個超市周遭場景之外，其他四篇的內容各異，若要論其相同之處，那便是寫作風格之相近，應該產生於同一個階段。根據作者在《尋人啟事》序文〈二十四段往事〉中，也說明該書收錄的都是「舊作」，諸如〈失落的珍珠〉發表在小黑女兒二、三歲時；〈胡青捉鳥〉發表時商晚筠已經過世多年等，詳情請參閱小黑《尋人啟事・序》，新山：彩虹出版社，1999，頁vii。

[4] 《尋人啟事》是小黑的最後一本小說集，然而該集的三篇小說在此自選集裡排在第一本小說集《黑》之後，爾後《前夕》、《悠悠河水》及《白水黑山》卻依照順序入編。若以出版年來看，這樣的編排讓人感到突兀，然而從種種的跡

小黑的小說內涵豐富及技巧多變方面，一向令人稱道。他關心社會現象，也嘗試各種寫作手法，讓人無法將之歸類為「現代派」或「寫實派」[5]。他幾乎結合兩個流派的優秀傳統，展現自己獨特的風貌。他在一個訪談中說明自己寫小說「純粹是靠自己的摸索」[6]，沒有刻意使用任何文學主義手法，不過肯定的是早期作品尤其受到朱自清、魯迅、周作人、郁達夫和沈從文等五四名家作品的影響。此外，他也學習繪畫和電影的敘述技巧，以記載政治的變貌[7]。小黑的小說緊跟著時代局勢的變化，緊扣現實的脈搏，記載了時代的精神。

《結束的旅程——小黑小說自選集》的出版，提供有關小黑小說的完整面貌。十九篇作品大概可以分成三大類，前面六篇早期的

象來看，作者的安排，有其道理。陳鵬翔在〈論小黑小說書寫的軌跡〉中，把《尋人啟事》看作新作，以致在分析小黑在不同年代的寫作風格時，出現前後矛盾、無法解釋的現象。見許文榮主編《回首八十載，走向新世紀——九九馬華文學國際學術研討會論文集》，柔佛：南方學院，2001 年，頁 285-305。

[5] 郭建軍〈世紀末回首——論作為南洋反思文學的小黑小說〉,《華僑大學學報》（社會科學版）1996 年第二期，頁 95。

[6] 潘友來〈小黑談小說〉，收入小黑著《黑》，八打靈：《蕉風》半月刊，1979，頁 131-137。

[7] 小黑〈馬華文學獎感言——代序〉，見《結束的旅程——小黑小說自選集代序》，台北：秀威資訊科技有限公司，2012 年，頁 11。小黑在此書的代序和在《第九屆馬華文學獎紀念特刊 2006》的「得獎感言」有所不同，原文較長，作為代序的感言經過修改。見《第九屆馬華文學獎紀念特刊 2006》，吉隆坡：吉隆坡暨雪蘭莪中華工商總會，2008 年，頁 8-11。

作品多描寫個體的心靈深處，中期的七篇多關注民族文化、華文教育和政治課題，最後五篇則集中在馬共書寫。本文將根據作者自選的目次排序，探討其創作背景與時代的關係，亦通過其書寫進程，分析其思想內涵和藝術表現。

一、實驗中的現代性：黑色與心靈

一九六九年「五一三」大暴動後，馬來西亞種族關係變得緊張，政府制定「內安法令」嚴禁人民公開討論敏感課題，報章也不敢刊登此類作品。發表園地減少，寫實派作家感受到言論上的鉗制，意志消沉，許多人減產或停筆，現代主義適時引進，改變了馬華文壇的面貌。小黑崛起於六〇年代末，七〇年代現代主義盛行的時代。他的小說內容非常生活化，寫作技巧卻暗合當時的現代主義潮流，把那個時代人們的迷茫心理、時代的壓抑和現實的荒誕巧妙融合在一起。小黑那段時期的作品，比較多去處理人物心理的深沉變化，如〈黑〉、〈失去了的珍珠〉等以相當長的篇幅、反反覆覆、不厭其煩地描述人物心理微妙的轉折，或就任由人物心裡微妙的變化推進情節的發展，也因此小說的情節在讀者閱讀中進行，結局總是留下無限的想像空間。

對於小黑這個時期的作品，郭建軍觀察得很到位：「大多數缺乏豐富的客觀社會內容，其意義既在於它們是一種主觀色彩相當濃厚的荒誕人生的寫照（這正是現代主義文學的核心特徵），又在於傳達出了一種少年人初次展望人生的落寞感傷、無聊而又無奈的悲觀情緒。」[8]小黑早期的小說中總有一襲揮之不去的陰影，這陰影在缺席的狀態下，仍然可以左右人物及敘事的發展。自選集的第一篇作品：〈（貓）和小鳥和螞蟻和人〉只有短短的七十個字，當屬今日流行的「微小說」。作者在標題上將「貓」在此文中「去除」（然凡經歷過的必留下痕跡），而在作者冷峻的敘述中，我們看見貓從現場退出後留下的狼藉——一隻斷了頭的鳥屍和滿地的螞蟻，一個人走過把鳥屍丟進火堆，用腳一抹，將亂竄的螞蟻都踩死了。文章雖短，情節和畫面卻非常豐富飽滿。〈謀之外〉白色賓士轎車的主人也一樣，在小說中出現車的身影，車子主人從來沒有正式露面，但他的賓士車載著淑娟一開走，就在福安和淑娟的婚姻生活中留下了滿地狼藉。這些不在場者都不是主角，也處於事件之外，但是他們卻是小說情節的催化劑，推動著情節的發展。似乎暗示人的命運常常受環境影響，有時也不受自己所控制，而向非預定的方向發展。

〈黑〉描寫在黑夜裡一顆不安分的心。小說中「他」和「她」從文明都市搬去山上小鎮，在一次夜裡，電流中斷，她心生恐懼而生幻象，那感覺是「剎那間她得從現代的文明回去原始的黑暗。她怕。她怕。」仿佛那些「電鍋電水壺電風扇電燈，都是列隊受檢閱的士兵」在黑暗中嘲笑她的膽怯。在「他」和「她」之間，有一個沒有正式亮相的「阿侵」，仿佛就是黑暗中的勇氣來源，為養尊處優的「他」和「她」解決生活難題。作者盡情刻畫人物的內心感受，並詳細敘述來自都市的文明人「淪陷」鄉郊野嶺時候的不知所措。〈黑〉裡面

---

[8] 郭建軍〈世紀末回首——論作為南洋反思文學的小黑小說〉，頁95。

的「阿侵」在女主角的心中秘密的角落，在小說敘述中神龍見首不見尾，只知道他有剛猛威武的輪廓，在黑暗中他擔當「原始的孔武」角色 ，女主角在黑暗中惶恐的時候，想起的是他。這些小說情節之外的陰影，似乎有所象徵，而小黑並無解開謎底，任由讀者自己的闡釋和推敲，也讓讀者感受情節可以無限發展的可能，甚至自己參與結局的設計的樂趣。

小黑在七〇年代從鄉下到吉隆坡馬來亞大學就讀，七〇年代的馬來西亞社會也是城市與鄉村發展嚴重失衡的年代，金錢掛帥，人們重視物質享受，缺乏文化的指引，許多人迷失在社會發展的潮流中，人性、價值觀也跟著扭曲。〈謀之外〉的白色賓士的主人，象徵的是都市、財富、地位、權力及虛榮，與福安這個「在小山鎮裡生也在小山鎮裡長大」、沒有野心、安貧樂道的鄉下人形成強烈對比，富與貧的現實條件決定了福安的弱勢位置。白色賓士是淑娟公司的經理，有權也有錢，是城市現代化後的得利者，他在福安夫婦的生活中出現之後，淑娟的事業扶搖直上，也成了主管，與此同時淑娟常常拒絕房事，讓福安的自尊愈受打擊。一頂綠帽子飛到了福安頭上，使他受盡街坊的奚落。經過了痛苦的心理掙扎，他狠狠地假造了結紮手術，心裡抱著一點點希望可以哄得妻子回心轉意，最好讓她懷孕，說不定就可以把妻子留在山上。然而這個假結紮的陰謀一下子就被精明的妻子識破，她心理感到悲哀，卻不道破，當晚很爽快地接受了福安的「示愛」，小說以「淑娟又開始服食避孕丸。這是一個秘密，只屬於淑娟一個人」為結，不禁讓人為福安這個可憐又可笑的人物感到憐憫和悲哀。讀者會意之餘，又產生無限想像。

小黑在一九七〇年代所寫的作品，已經展現他細緻的語言抒情，伍燕翎認為小黑一系列的「黑」色作品，「純熟運用意象、挖掘人的心理意識活動和探索人們的精神層面，小黑的當時的小說確實是充滿實驗精神」[9]。小說集《尋人啟事》的部分作品，寫在《黑》小說集之後，可以看到兩本小說風格方面的沿襲。

《尋人啟事》中的〈人鼠〉主要是描寫人性的深邃、黑暗的一面，人與鼠的命運、性與殺戮的糾葛，小黑一貫探索人類心裡的黑暗面，象徵意味很濃厚。故事發生在一間舊型雜貨店裡，天寶繼承了父親的小生意，舊式雜貨店雜亂、黑暗，對街新建起的超級市場（那也是〈失落了的珍珠〉所寫的超級市場），乾淨明亮，搶走老店的生意。超級市場的存在如同無形的壓迫，是天寶的第一層焦慮。屋漏偏逢連夜雨，雜貨店裡鼠患成災，天寶母親是虔誠的佛教徒，不允許天寶殺鼠，偏偏新婚妻子卻逼天寶滅鼠以交換房事，形成天寶第二層焦慮。天寶至孝，不敢忤逆母親，天寶必須在床笫性事和母親的權威之間作出抉擇，這是第三層焦慮。因此，妻子與母親的孰輕孰重、殺戮與孝心的掙扎、殺鼠和性事的選擇，還有小雜貨店遭受超級市場的競爭壓迫，形成他內心糾結不清的壓抑。在殺與不殺間，一邊是對母慈子孝的道德束縛，一邊是原始的情欲。殺戮是人類深埋心裡最原始的欲望，天寶的母親會在每個月外出朝拜一次，天寶於是乘機捕捉老鼠。在他解決了情欲的同時，卻也將自己推向

---

[9] 伍燕翎〈英雄現世，歷史退位——淺論小黑的《白水黑山》〉，《中文人》第二期，加影新紀元學院，2006年，頁50。

黑暗的深淵。他近乎殘酷地對鐵籠子裡的老鼠進行虐殺，暫時將對街超級市場民眾吸引過來，在自己的店鋪門前圍觀，助長天寶殺戮的快感。天寶虐鼠的行為，折射出長期受到壓抑，無法自主的心理，在新婚妻子的誘導下，借殺鼠的過程宣洩心裡的苦悶。「老鼠就是他自己。籠子即是牠的命運」，在殺鼠的過程中，人性因得意忘形而醜態畢露，天寶自以為是的虐鼠行為顯露了自己的軟弱個性和窩囊行為而不自知。小黑這時期的描寫，出奇地深沉、冷靜，通過誇張、扭曲的行為，描述荒謬的人性。

小黑早期的作品多關注個體與社會的關係，描寫人的疏離感。〈失落的珍珠〉和〈聖誕禮物〉這兩篇早期小說，寫一家三口的生活，卻充滿濃厚的象徵意味，意圖表達生活中無可避免的世俗化。〈失落的珍珠〉題目本身就充滿了想像，內容描述一對夫妻的某一天的平常生活，小倆口對日常生活上的普通細節，極其無聊地反覆同樣的對話和動作。「珍珠」是妻子的名字，一家三口過著平凡的日子，有一天他們上街去買東西，在菜市場，妻子對著小販討價還價，不耐煩的丈夫帶著小孩走開，一路遊蕩，轉眼看不到妻子身影。丈夫毫不著急，也不刻意去找，隨便四處觀望，找到或找不到也無所謂，父女倆就這麼回家了。看到戲院，他們買了票就去看戲。小說就在「他牽了小蘭的手撿開布幔，眼前只見一片黑暗。」中戛然而止。以黑作結，是小黑的一貫作風。耐人尋味的是，讀者在這一方已經看到落幕，然而小說裡的主角看戲才開始，也不知道何時才是結束。

和〈失落的珍珠〉一樣，〈聖誕禮物〉寫一家三口的生活。年輕的父母想盡辦法讓女兒小玉得到最好的教育，也希望她能夠保持心靈上的純真和美好。他們給小玉講許多神話故事，讓她有個美麗的童年。為了讓女兒快樂，每逢耶誕節前夕，他們還冒充聖誕老人半夜裡把禮物放進女兒床頭的襪子裡。然而，女兒一年一年長大，她到學校上學，也學到了知識。她跟同學們爭論聖誕老人的存在，而被同學笑話，覺得父母騙了她，回家後跟父母賭氣。年輕的父母探明真相，仍然不願意破壞自己和女兒共同建構的童話世界，堅持有聖誕老人。眼見童話就要破滅時，他們聽到了悅耳的音樂，聖誕老人站在由八隻花鹿拉著雪橇上經過他們的窗前，讓所有的傳說都變成了真實，女兒摟著爸爸的脖子，高興得說不出話來。爸爸呢？

爸爸疲倦地在她的背後輕輕地拍拍：

「聖誕老人要走了，你再看一看。」

他們夫妻兩人對望一眼，看見彼此的眼眶裡都噙著淚水。

小說留下出乎寓言式的結局，也是小黑慣用的手法。真與假、虛和實的交錯，理想與現實的對立，構成小黑小說的特有風格，我們甚至無法用特定的主義去圈定他的小說[10]。在現代主義思潮盛行的年代，正值創作興旺期的小黑多方吸收當時可以接觸到的文藝思潮，根據不同的題材，實踐到他的小說中，因此他的小說出現了多樣化的寫作手法，卻又無法明確歸類的現象。早期小說寫晦澀的內心感受，所以重意象、重心靈描繪多於情節的鋪成，契合了當時現代主

---

[10] 小黑〈二十四段往事〉，見《尋人啟事・代序》：「請你不要用十多年前現代派、寫實派的術語來批評它們，免得讓人掉了大牙」，頁ⅷ。

義意識流書寫、象徵主義、拉丁美洲的魔幻現實主義、荒誕表現的潮流。辛勤創作小說的小黑沒有刻意模範任何主義的寫作手法，而是經過無數的實驗，憑著自己的摸索，用適當的方法去創作想要呈現的主題，開啟了他自己的小說風格，穩健地走在時代的前端。[11]

二、憂患的後現代：政治與文化的角力

小黑小說的關懷層面從早期細微的心理轉折描寫，在八〇年代中期之後，轉向書寫國家、歷史、政治、教育等議題。這可以看作是小黑小說邁向新里程碑的標誌，也可以說八〇年代的政治氣氛，讓小黑找到適合的題材和表現方式，其書寫技藝逐漸純熟。

一九八〇年代是馬來西亞政治風起雲湧的時代，民族主義高漲，華人在政、經、文、教領域遭受打壓，捍衛文化傳承、維護華校傳統成為華社重要的課題。過去馬華文壇遇到此類主題時，慣用寫實主義的寫法表現，然而在言論不自由的時代，寫作者受到法令的掣肘，不易施展再現現實的手段。小黑後現代的手法，使用各種形式去再現事件的原貌，具有突破性，也適合表達那時候的家國憂患。小黑大膽觸動國家敏感又確實存在的問題，對後來的馬華文壇喜以後現代手法處理政治的主題，小黑可說是先鋒，也具有前瞻性。

從一九七九年出版了第一本小說集《黑》之後，小黑的第二本小說集《前夕》出版時已經是十年後的一九八九年了。《前夕》裡頭

---

[11] 潘友來〈小黑談小說〉，輯入小黑《黑》，八打靈：蕉風，1979，頁 133-134。

最具代表性的是與題目同名的〈前夕〉和〈十・廿七文學記實及其他〉，此兩篇小說以緊貼著政治時事，適時再現當時事件的緊張氣氛為著稱。〈前夕〉以一個女大學生的視角，描寫一家人在一九八六年大選前夕的不同心思。二哥和三哥代表兩個政黨出戰，從商的老大左右逢源，打定主意見風使舵，誰勝利他都不吃虧。最憂心的是老父親，左右為難，但也無能為力。這個家庭可說就是華社的縮影，大選前夕，華人社會的政治分歧，顯露在一個家庭中，兄弟代表不同的政黨精英參選，一家人頓時陷入分裂的狀態，父子、兄弟之間因政治立場不同而產生間隙。親生兄弟尚且如此，何況是在鬥爭激烈的政壇上？華人在利益當前往往不能團結一致，猶如一盤散沙，自相殘殺讓親者痛仇者快。華族大學生看到在最高學府日漸明顯的種族兩極化，也感到憂心忡忡，因此對國家和民族的未來有了進一步的反思。[12]

從〈前夕〉到〈十・廿七文學記實及其他〉，「紀實」了一九八〇年代後期馬來西亞幾乎所有的重要事項。一九八〇年代不利華社的事件層出不窮，繼續種族固打制的資源配置、華人為外來移民論、不諳華文任華小高職、三寶山發展事件、商店招牌的華文字體受限等，每一件課題的提起，都會勾起華人的悲憤情緒。華人權利受到

---

[12] 有趣的是，小黑的〈前夕〉和〈十・廿七的文學紀實及其他〉的主題和方北方的 《花飄果墮》同出一撤。方北方在《樹大根深·後記》中說：「從《花飄果墮》，反映芸芸眾生的華人精神生活以及南轅北撤、分崩離析的華社，從中表現華人的處境和前途。」見《方北方全集》（第 5 冊），吉隆坡：大馬作協，2009年，頁 321。

極度壓制的同時，文化人也紛紛在報章上通過雜文去評論時事，游走於言論空間和法令限制邊緣，輿論界空前之熱鬧，也帶動華社對國家認同、民族文化、種族權利的爭議與思考[13]。〈前夕〉所描述的一九八六年的大選已經山雨欲來風滿樓的狀態，大選之後種族互相敵視的情緒更是達到高峰。緊繃著的神經隨時都會扯斷。

〈前夕〉發表後四個月，也就是一九八七年十月廿七日，以馬哈迪醫生領導的馬來西亞政府展開了「茅草行動」大逮捕，共有一百一十九名朝野政黨領袖、華教人士、環保分子、宗教人士被政府援引「馬來西亞內安法令」拘留[14]。寫於〈前夕〉的預言，種種擔心居然成了事實。於是小黑在「茅草行動」後，寫下了〈十•廿七的文學紀實及其他〉。

既然說「文學紀實」，小說引用大量其他作家的文章，再現當時輿論界和文壇參與論政的面貌。小黑在「第九屆馬華文學獎得獎感言」中說：

> **我國的政壇上，政治題材不勝枚舉。但是，關於政治的書寫，我們常常會失去控制，使小說弄糊了。一九八七年茅草行動**

---

[13] 方北方《花飄果墮》，《方北方全集》（第6冊）。此書剪貼了大量的有關民族文化的新聞與評論文章，可作當時熱門課題的參考。

[14] 「茅草行動」是馬來西亞民主歷史上最具詬病的政治大逮捕之一，卻無法提出具體危害國家的證據。此外，尚有三家報紙被勒令停止出版，包括了華文報《星洲日報》。關於茅草行動的來龍去脈，可參考何啟良著〈獨立後西馬華人政治演變〉，見林水豪、何國忠等編《馬來西亞華人史新編》（第二冊），吉隆坡：馬來西亞中華大會堂總會，2011年，頁123。

> 期間，真是群情嘩然。如何表達這樣熱門的題材？我最後決定，用繪畫上常見的拼圖 Collage 手法，寫完〈十・廿七的文學記實及其他〉。不少人都會提起這一篇的表現手法。那是我認為在當時最恰當的技巧了。[15]

小黑這段感言，說明了兩樣事實。一、「茅草行動」期間，社會亂像引起議論紛紛，作家參與社會評論的現象尤其顯著，他們以詩歌、雜文、散文、小說、詩歌朗誦及舞台表演方式表達對國家、民族、文化之關切與痛心；二、為了全面再現眾人的聲音，小黑大量剪輯報章上現成的資料，用「繪畫上常見的拼圖 Collage 手法」完成〈十・廿七的文學紀實及其他〉[16]。作家對社會現象的敏銳觸覺，使他自然而然地使用後現代手法[17]，即真實又虛構地去表現那個時代的亂象。

〈十・廿七的文學紀實及其他〉以拼貼（collage）的方式組成一

---

[15] 小黑〈第九屆馬華文學獎得獎感言——代序〉，見《結束的旅程——小黑小說自選集》，頁 10。

[16] 無獨有偶，對於那個時代的亂象，方北方也採用同樣的方式，在《花飄果墮》中，大量剪輯報章上的評論文字。

[17] 探討小黑小說的後現代，已有陳鵬翔作出詳細的評述，見陳鵬翔在〈論小黑小說書寫的軌跡〉，許文榮主編《回首八十載，走向新世紀——九九馬華文學國際學術研討會論文集》，柔佛：南方學院，2001 年，頁 285-305。此外，尚有許文榮和孫彥莊也作出同樣的評述。見許文榮《南方喧嘩——馬華文學的政治抵抗詩學》，柔佛巴魯：南方學院出版社，2004 年，頁 96-115。孫彥莊〈眾聲喧嘩——論小黑小說揭示現實的文本構成〉，見潘碧華主編《馬華文學的現代闡釋》，吉隆坡：大馬作協，2009 年，頁 80-90。

個故事或歷史事件。第一層敘述聲音是「小黑先生」，時空是以「多年後向歷史追述，回頭追蹤一樁懸案」為切入點，企圖再現一九八七年十月廿七日的「茅草行動」大逮捕事件中漢生逃亡的真相。第二層敘述是記載「漢生」在一九八七年茅草行動時逃亡的過程。中間穿插客觀報導的口吻，拼貼、集合了許多作者有關茅草行動的描寫與感想，文體雖龐雜，氣勢卻澎湃。此文多次被評論家舉例為後現代的互文和拼貼的方式，把文學和文化的文章穿插其中，成為紀實的證據，再加上自己的評述，被譽為「最真實」，也「最虛構」的一篇小說。

同樣是政治課題，〈前夕〉和〈十‧廿七的文學記實及其他〉始終以一個知識分子的角度，站在政治的體系外看政治，〈Sayang oh Sayang〉則是走到政治人物的家庭邊緣，通過替人養狗的山地人「馬念素素巴杜」的視角，描述一位元華人政客家庭的養狗方式。政客有「拿督」頭銜，小黑以誇張的文字描述拿督積極養狗的精神：「除了率領黨內上千上萬的黨員同志，為他的族人、社會與國家奮鬥之外，連豢養、訓練 SAYANG 的工作時間表他都在諮詢獸醫巴拉星之後，編制出來讓我嚴密執行」。養狗人薪金低廉、地位低下，卻以替權貴工作而自豪。小說也側面描寫這位某政黨領袖的庸俗、迷信，相信「灑狗血」可以轉運的傳說，諷刺華人「源遠流長，文化博大精深」的歷史文化，是小黑發揮嘲諷藝術的傑作。

〈遺珠〉和〈如何建立一座花園的夢〉充滿象徵意味，可以放在一起閱讀，也可看成是小黑對馬來西亞多元種族文化和歷史的反思。〈遺珠〉的敘述者「我」為寫博士論文，遠赴馬泰邊境，追尋在歷史中失落在一顆珍珠，珍珠可以證明有個古老的文明曾經在這裡建都，地方歷史將改寫。此篇小說寫在一九八八年，種族關係緊張，華族文化受到壓迫的時代，知識分子紛紛反思國族的建構與文化歷史的淵源，此文寫得有點晦澀，出現「印度神壇」、「唐宋瓷器」、「1969」等符碼，想像的空間極大。作者採用寓言式結構，「使他能把看似荒誕的情節或是有關族群的互相猜忌等這種比較『敏感』的課題都納入其虛構的世界中。」[18]遺失的珍珠或許是某些族群的「希望和生命之泉源」，可是珍珠一旦現身，可能對其他的民族的傳統信仰和「土地之子」[19]的地位造成無法估計的禍害。敘述者帶著珍珠回到陸地，受人尊重的老漁民「督」看到寶珠，大為震驚，指揮年輕族人把寶珠奪走，不能讓它現身博物館。印度廟、華人、珍珠還有馬來老漁民等，構成了一九八〇年代許多事件的象徵，其中包括族群權利的鬥爭、多元文化的衝突、政治勢力的較量等問題與反思，是一篇蘊意豐富的小說， 可以作多角度的解讀。

比起〈遺珠〉，〈如何建立一座花園的夢〉寓意就單純得多了。一名敬業樂業的公務員，一向把工作環境打理得像花園，引得周圍的居民觀賞。退休之後，看到自己居住的社區後面有塊荒地，想開闢成花園，卻得不到官員的批准，也沒有居民支持，他只好獨自開墾，進展非常緩慢。有一天有個小孩從荒地上冒出來，交給他所謂

---

[18] 陳鵬翔〈論小黑小說書寫的軌跡〉，頁 291。

[19] 馬來西亞的馬來人擁有「土地之子」(Bumiputera) 的身分，意指他們最先來到這片土地，是土地的主人。其他民族是外來者，不能享有同等地位和權利。

寶物的碎片，眾人譁然搶去荒地鋤土挖寶，結果寶物無人挖到，卻幫退休公務員開墾了那片許久無人問津的荒地。花園、小孩和寶物也似乎有所寓意，不妨將之當作成人寓言來讀。

小黑掌校多年，深刻體會國民型學校所面對的問題。〈黯淡的大火〉和〈一個國中生之死〉的背景同是在一間從華文獨立中學改制成國民型中學的華校。〈黯淡的大火〉回顧一九五〇年代末某華文獨中接受改制的過程。敘述者的父親黃正立曾經是北方小鎮一間華校的校長，當年改制風潮吹到小鎮，大部分學校董事同意改制，以獲得政府的資助，唯有黃校長堅持不同意，認為不改制才能夠保留華校的傳統。一場大火燒毀了黃校長的宿舍，黃夫人在這場大火中被燒死，父親黯然離開該地，三十一年來從未回到讓他傷痛的舊地。作者再回到小鎮時，該校已建立起宏偉的宿舍，成為完全接受政府津貼的中學，教育部每年安排一些不諳華文的非華人學生進到該校就讀，華校的身分已經名存實亡。

小黑在小說中探討歷史，習慣透過第二代的眼睛回溯，其中有質疑、反思和重建歷史的意味。〈暗淡的大火〉的敘述者「我」為了撿拾母親遺留在舊地的骨灰，在父親去世後回到小鎮，通過記憶的碎片企圖梳理、參與、整合、探究父親的過去。父親當初一言不發決定離開小鎮，三十一年來堅持不踏上故地，究竟什麼原因讓他如此絕情和絕望？拼湊種種線索，閱讀當年董事會的記錄，該校改制的前因後果慢慢浮現，父親反對改制無效，還賠上了夫人的性命。這是他無法釋懷的悲痛。三十一年過去了，敘述者回到當年的學校，耳聞改制後不利華教的事件，也不知是哀悼，還是惋惜。當年「黯淡的大火」燒的何止是一位校長對華教的信念？大火之後，華校的命運一直在風雨飄搖之中，全文籠罩在淡淡的哀傷和深深的悲痛中。

〈一名國中男生之死〉是〈黯淡的大火〉的延續篇。三十多年之後，改制的華校和獨立中學比較，學生紀律尤其敗壞，私會黨入侵校園的案例比比皆是。此篇小說依舊大量使用報章的功能，模擬報章上的新聞與讀者評論、讀者來函的方式依時序（chronology）相互穿插，讓我們看到新聞的客觀性及社評的主觀性相互交織，全面鋪敘一名國中男生之死的背後事實。國中男生之死就像一個骨牌效應，牽連開去，許多問題浮出水面，先是私會黨滲入中學，學生紀律敗壞；接著暴露不諳華語的校長派往華校，華校特徵名存實亡；再來食堂招標經營涉及董事利益問題，最後還扯出小鎮的幫派、校方董事會理事、家教協會、校友會、政治立場不同的組織參與其中的弊端。媒體揭露真相，同時又渲染真相、模糊真相，國中男生之死事件在媒體的推波助瀾之下，愈演愈烈，越發誇張，最後各個團體互揭瘡疤，醜態百出。〈一個國中男生之死〉借一個命案帶出八〇年代華社最根本的問題，同時也顯示華教、華社和華文報的互動關係。水能載舟，亦能覆舟，華校改制的餘波至今仍讓影響著華社的體制和華文教育。

小黑是校長，也是作家，他虛擬了作家「古情」及其身邊的文壇生態，寫成了〈悼念古情以及他的寂寞〉。通過古情的死及作家之間的巧妙互動，道出人情冷暖，作家生前沒有受到同行和社會的重視，死後第二天各報章用顯著的版位刊登文友們的懷念讚頌文章，形成極大的嘲諷。敘述者「我」準備做一個「古情的世界」的問卷調查，發信給四十位文壇朋友，回復的只有區區十五位，而且針對評價同行的問題，回答者避重就輕，如其中三個問題：

> 問題一：有人說，古情一方面肯定悲劇性的人生，認為人天生是悲劇的動物，另一方面他又熱烈的擁抱生活，覺得人生不過是一場明知無意義，卻必須奮力去完成的任務。他的幾部小說，如《青山依舊》、《神話》以及《濱海小鎮手劄》，這兩種強烈的矛盾是並存的。你對這一點有何意見？
>
> 答：對不起，我雖然對古情君的作品略有涉獵，很慚愧卻未能深入的研究，因此不敢妄下評語。
>
> 問題二：你認為古情這三十年來，對本國文壇的最大貢獻是甚麼？
>
> 答：答案如上。
>
> 問題三：試舉出你最喜歡的古情作品。也請你對有關作品做一個簡評／分析。
>
> 答：答案同上。

作家同行的反應冷淡以及簡短的回答，曝露了本地作家很少閱讀同行作品，或者不屑對同行作品評價的心態。〈悼念古情以及他的寂寞〉戲仿（parody）了看似真實的文壇人情世故，煞有其事地敘述古情的生前受到的冷遇，以及死後靈堂前的蕭條。然而報章所顯現的熱鬧和真實情況真是天淵之別——第二天早上有幾家報紙甚至以顯著的版位刊載古情逝世的消息。他們的迅速行動反映了報社的超卓效率。除此之外，記者們還走訪了許多小說家、詩人、散文家、評論家與學有專長的學者教授，對古情的著作與生平做出了或表面或深入的介紹與評析，洋洋灑灑佔據了全大版。

在這篇小說裡，小黑極盡調侃之能事，狠狠地揭示作家文字和真實性情的分裂。古情死後的實況與和報章悼念的文字，形成一實一虛的對比。敘述者看到報章上懷念古情的文字後，不禁自我懺悔，原來朋友們並非敘述者所想像般冷漠，他們在報章發表對古情的追悼與讚頌文字「寫得那麼好，情詞豐美」，他們沒有回答問卷，卻「靜悄悄替古情寫下了公正的評語」。這些正經卻嘲諷、虛實相間的文字，讓〈悼念古情以及他的寂寞〉有了更多解讀的空間。

後現代的自我解構、自我否定等的形式本身就具有遊戲的娛樂性。在後現代的語境下，小黑在其小說敘述歷史、重建歷史和再現所謂的敏感事件時，都借助後現代的表現手法(或不自覺地)，以完整表現小說所要表現的意旨。由於蘊藏的含義豐富，分析小黑這類作品，如果熟悉事件的歷史背景和小黑所處在的環境，更能夠體會小黑小說的書寫用心。

三、建構的歷史：未完的馬共書寫

（一）樹林外：模糊的出走記憶

小黑先後在吉打居林和霹靂實兆遠的中學掌校，這兩個小鎮曾經是馬來亞共產黨黑區，小鎮也保留當年「緊急狀態」所設立的「新村」[20]，而且這種小鎮毫無例外地有一所當年培植左翼思想溫床的

[20] 抗日勝利後，英國回到馬來亞，英國政府在全馬各地建立「新村」，將華人

華文中學。一九八九年，也是馬來西亞政治史演進的分水嶺，馬來西亞政府和馬來亞共產黨在華玲舉行和談，馬共同意放下武裝鬥爭，從此正式走進歷史，馬來西亞政府也同意既往不咎，馬共成員可以走出森林，回到社會。多年來的政治禁忌獲得解放，有關馬共的話題也不再需要避諱。小黑一向對時事敏感、關注歷史的契機，讓小黑適時掌握了許多馬共的題材，親身在當年抗日軍和馬共活躍的地方居住，讓他對那段轟轟烈烈的歷史有了許多想像空間[21]。就在那幾年之間，小黑陸續寫了多篇有關馬來亞抗日軍、馬共、新村、馬共家屬的故事。在那幾篇小說中，故事的人物互相映照，正如許多馬來西亞的華人家庭那樣，他們當中或親友，或老師同學，或鄰居，在那個年代走入了森林，去追尋所謂的正義與理想。這些森林的故事足以建構一部戰後埋藏在許多馬來西亞華人心裡的共同記憶。

〈樹林〉寫於一九八五年，收錄在《前夕》這本小說集裡。在小黑最新的自選集裡，他把此篇小說和《白水黑山》的幾篇小說放在一起，以便更鮮明地展現馬共課題的書寫軌跡。寫〈樹林〉的時候，政治禁忌猶在，許多家庭都有一段馬共的回憶，並將之當作家庭的秘密，無法向後代言說，更無法公開談論。馬來西亞政府長期反共，經過多年的宣傳和教育，馬共變成了生活上的禁忌，許多父母也只能藏匿起過往的秘密，不讓下一代參與或瞭解當年慘痛的歷史。敘述者寫自己的母親在他很小的時候就走入了「樹林」，再也沒有回

集中管理，嚴格管制，有效制止華人和共產黨的聯繫。

[21] 小黑〈馬華文學獎得獎感言〉，頁 10。

來。當時還是孩子的敘述者跟著父親生活，孤獨的父親每天出門賣霜淇淋，都要進入森林轉一圈，然後帶回許多空玻璃罇回來，父親說那是沒有錢的村民和「山頂人」想吃霜淇淋，用玻璃樽跟他換去。敘述者以不能理解的口吻描寫印象中的父親，當時不明白父親究竟到樹林裡去幹什麼，只知道父親似乎在尋找什麼，堅持著什麼。直到有一天，父親和母親一樣，進入森林之後再也沒回來了。〈樹林〉寫得很含蓄，情節也故意含糊，在那個激情燃燒的年代，許多家庭的成員為了理想，走入「樹林」，從此再也不見回來，這是許多家庭深深壓抑在心底的悲痛。此篇小說自始至終，沒有提到「馬共」，唯一的線索透露在父子的對話：孩子問父親究竟走了多遠的路去賣霜淇淋呢？

> 父親又悠悠地吐了一口煙。
>
> 「山頂人住的森林呀，甘榜呀。」
>
> 「你不怕他們嗎？」
>
> 「爸爸是他們的好朋友呀。」（〈樹林〉）

「山頂人」就是對共產黨的代稱，在政府的宣傳中，他們殘暴的形象深入孩童心中。父親說「爸爸是他們的好朋友呀」，說明父親和馬共的關係不一般。小說中收集瓶子的動機，和「賣掉」瓶子的真正意圖也成了小說的暗喻，瞭解華人社會和馬共關係的讀者必能從各種描述中有所領會。上得山多終遇虎，父親終於有一天上了山後，就沒有回來了。父親失蹤的第三天的一個下午，楊伯伯帶引一批的員警來搜索。他們打碎了父親洗刷得潔淨的玻璃樽，似乎在搜尋什麼，講一些敘述者「聽得懂又不明白的話」。

「東西一定藏在玻璃罇裡面。」

「可憐。」

「他們是那種能夠同情的人嗎？」

「死得好淒慘啊。臉孔都砸爛了。」

「好好的霜淇淋不賣，為甚麼要替人家送東西呢？」

「這是人民的一個教訓。」（〈樹林〉）

死的人臉孔都砸爛了，究竟那個人是不是父親呢？年幼的敘述者望著樹林，心裡想「不知道幾時父親能夠在樹林那一邊出現。這是一座他熟悉的樹林，沒理由他會迷失的。」父親還會回來嗎？〈樹林〉給讀者留下了一個問號，當時，那也同樣是許多家庭共同的問號：走入樹林裡去的親人還會回來嗎？

隨著年代來到一九九〇，再寫馬共的故事，小黑有了不同的闡釋。〈細雨紛紛〉的家庭則是父親早年追隨馬共進入森林，留下森林外的兒子與母親相依為命，一起等著生死未卜的父親回來團聚。在馬共和政府達成和解之後，兒子陪著母親到泰國南部和平村與父親相會。在兒子的回憶中，父親為了「深邃的理想」離家遠去，自己的女友也死在一次馬共策劃的戲院爆炸中，成了他心中永遠無法消解的痛。他隱約知道父親是策劃爆炸事件的一員，因此一直無法諒解父親的抉擇。

在泰南，敘述者母子終於看到了父親。母親堅信父親還活著，苦等了幾十年，終於盼到團圓的一天。但是時光給他們開了玩笑，父親已經不是以前的父親。從他毅然走入森林那一天開始，就準備為理想長久鬥爭，他甚至在森林裡和女戰友組成家庭，他們的兒子也已經十多歲，會抗搶打戰了。然而，因為世界局勢的改變，馬共和政府和解乃是大勢所趨，大概連馬共成員們都不敢相信，這場理想之戰這麼快就結束了。父親堅信追求理想是一輩子的事，選擇了留在高山森林。在他們離開泰南之前，父親留下一封信給敘述者母子，承認他就是那場爆炸的策劃人，當年他們為了剷除內奸，犧牲一些無辜性命，乃是無奈之舉。父親將終身理想付諸於森林和原野，已經無法回到正常的社會。敘述者帶著傷心絕望的母親踏上回家之路，和記憶中的父親作真正的告別。

小黑在〈細雨紛紛〉通過馬共家庭的第二代視角，追溯家族曾經避諱提及的家族歷史，描述家庭成員走入森林之後，個別家庭成員所受的創傷以及對後代心理的影響。馬共的鬥爭，甚至影響了整個馬來西亞社會的結構，和國家人民的意識形態變化。〈細雨紛紛〉更多的是對馬共所作所為的「清算」，是對過去的審視和對歷史敘述的反思，堅持了這麼多年的鬥爭，意義何在？活著的人為了這場持續多年的鬥爭，付出了多少的代價？

父親的形象在敘述者的回溯中漸漸成形，他原是一個善良、有才華的人，和馬來鄰居也相處得很好。一九六九年的種族暴動，父親雖然得到馬來朋友的保護，但事件對他的思想衝擊太大，經過深思，像當年許多不滿現實的年輕人那樣，他們毅然放棄家庭、親友，走入森林。父親的出走，讓敘述者母子在「冷漠與猶疑的氛圍中掙扎求存」。父親長達二十年的缺席，讓他們母子倆吃盡苦頭，加上雪兒的慘死，敘述者對父親留給他們的痛苦夾帶著恨意，早就視父親不在人間。在兒子眼中，自父親離他們而去的那天起，他就沒有了父親。父親變成了政府軍努力要剿滅的恐怖分子，幼年的他經常看到深綠色軍車呼嘯經過村子，從對話中得知這些軍人正前去剿滅馬共：

「他們去哪裡？」

「殺人。」

「哪裡？」

「K鎮。」

敘述者真的很少想起父親嗎？其實也不盡然，血濃於水的感情讓他在成長的過程，一直很注意「每一次報章有軍警人員與共產黨駁火的事件，我都讀得很仔細。不管那是發生在極北的叢林，還是南部的山嶺，我一直都不能從報章上證實父親的生與死。」官方新聞報導所謂襲擊戲院、警察局、巴士，殺死無辜的人民就是馬共的鬥爭方式。即使父親是共產黨，敘述者還是順利獲取政府的獎學金，完成三年的大學教育。在大學裡，他不斷思考父親所說的「制度問題」，理不清那些歷史的糾葛。他覺得自己始終無法原諒父親棄他們而去的決定。然而，人總該往前看的，作者借敘述者說：「過去已是挽不回來的辛酸與滄桑，緬懷往事徒然增加憤懣與悲慟」（細雨紛紛），也許向父親作最後的告別，了結過去的恩怨，才是活下去最好的方式。

（二）黑山外：一顆堅守的心

無論是〈樹林〉還是〈細雨紛紛〉，作者的視角始終是站在馬共親屬的一方，比較多描寫樹林以外「倖存者」的心理刻畫，畢竟那還是在森林之外的現實生活。在剛解禁的年代，「馬共」、「1969」都是敏感尖銳的符咒，每每一提起，都會深深刺痛那些受傷的心。這兩篇小說只是小黑馬共書寫的嘗試和「熱身」，氣勢磅礡、深入深林中心的〈白水黑山〉才是小黑最傑出的「馬共書寫」。

〈白水黑山〉，是小黑小說創作生涯中唯一的中篇，也是最傑出、完整的馬共書寫。小說從一九三〇年代一直寫到一九九〇年代，整整六十年的光景。之前的短篇，歷史的片段，都是小敘述，此篇所描寫的歷史層面更深更廣，涵義也更複雜。〈白水黑山〉寫敘述者「陳白水」正在進行小說〈白水・黑山〉的撰寫，小說中又有小說，情節在虛實相間中進行，交替著交代現實中和故事中情節的進展。此篇小說「貫穿了許多重要歷史事件」，「彰顯再現的時空事故極為浩瀚雄奇」[22]，以一群人的經歷為主線，他們經歷從反殖民、抗日、抗英，到馬共放下武裝鬥爭、直到一九九〇年之後，理想退居到歷史背後、現實以經濟效益為重而止。有些人一生堅持理想，堅決不向現實妥協；有些人在時間洪流中改變了自己，投入現實社會的巨浪中，如魚得水。〈白水黑山〉再現了馬共轟轟烈烈的鬥爭史和他們最後的遭遇，間中也穿插幾個家族的故事，組成了一幅幅波瀾壯闊、風雲變幻的馬來西亞華人奮鬥圖。

〈白水黑山〉以敘述者陳白水（「我」）的視角展開，小說中的「我」在寫一篇〈白水・黑山〉的小說，主角就是自己的父親陳立安和二舅楊武上山鬥爭的故事，當中穿插大舅楊文和奸詐小人白猴的

---

[22] 陳鵬翔〈論小黑小說書寫的軌跡〉，頁294。

發跡史，構成〈白水・黑山〉和〈白水黑山〉的主線。陳立安在抗日時期追隨楊武，一起打日本鬼子，抗日戰爭後，與英軍談判破裂，楊武的隊伍決定要留在森林裡繼續未完成的鬥爭，一心要做土地真正的主人。他們在山林裡出生入死，英勇奮戰。後來在一場伏擊戰中，楊武中彈跌下瀑布失蹤，大家以為他已經陣亡。陳立安等人失去了精神領袖，就放棄鬥爭回到家鄉。許多年過去了，時代也改變了，他還一直守在森林外，經常遙望當年他們付出，活動過的高山，緬懷當年英勇事蹟，始終直無法融入現實社會中，漸漸成了眾人眼中一個枯瘦固執的老頭。

〈樹林〉裡失蹤的父母親、〈細雨紛紛〉失蹤的父親，以及〈白水黑山〉的二舅、父親都是歷史的見證者，他們當年的政治抉擇足以影響他們一生。他們為了理想，受盡苦難，即使時代變了，大趨勢讓他們放下武器，不再和政府對抗，但他們依舊沒放下他們的政治立場，寧可堅持當年刻苦的生活方式，也不向現實妥協。和政府軍的恩怨或許可以放下，然而那些當年犧牲了的生命應當魂歸何處呢？歷史是否給他們一個公正的位置？〈白水黑山〉中的楊立安時常遙望遠山憑弔往事，大概是對過去的鬥爭始終存有信念，那也是對理想忠貞的表現。

當我們為他們堅持守護理想肅然起敬的時候，〈白水黑山〉卻安排失蹤了的楊武回來！為了楊武的失蹤，陳立安內疚、懷想了三十九年，而楊武卻以一個退休的老教授身分出現。他從中國回來南洋探親，外形「雍容華貴、氣色紅潤、臉頰圓滑、眼睛銳利」，和那個堅守遙望高山的陳立安形容消瘦的，模樣形成強烈的對比。歸來的楊武忙著接受別人的宴請，包括陳立安最討厭的三舅楊文一家，臨走那一夜，楊武才有時間去看陳立安。久別重逢分外讓人感動，提起往事也不免教人神傷。陳立安建議第二天帶楊武去爬卡布隆山，憑弔昔日時光。楊武聽了愕然，從沒想到陳立安那麼執著過去，以早買了第二天南下的飛機票為由，婉拒了他。陳立安執著過去，一生過得心事重重，反觀楊武歷盡滄桑之後，適應了新環境，生活也過得舒泰，他睿智地將過去的苦難歸於「錯誤的時代」，了結了家仇國恨、恩怨情仇。小黑的「馬共書寫」到了最後，時間彷彿在不經意間戲弄了那些堅守理想的人。

小黑在〈白水黑山〉中，企圖建構起官方敘述以外的馬來西亞華人歷史，甚至敢於挑起敏感的悲痛事件，讓主角參與其中，增強小說的真實感。小黑在建構歷史的同時，也在解構歷史，他質疑歷史敘述的真實性。他參與敘述，又在敘述之外，主觀和客觀的敘述不停地互相拼湊轉換，小說的「實」和故事的「虛」互相交映構成繁複的主題：家國、民族、文化、政治、經濟，理想、道德、生存……究竟什麼比較重要？小說由虛、實兩條主線組成，互相交叉，遞補之間的疏漏。〈白水黑山〉的敘述方式本來就是一種「斷裂」的狀態，暗示我們已經無法拼湊出完整的歷史面貌，正如〈白水・黑山〉裡面陳立安也一樣難以看見歷史的真相。[23]

在政治風雲遽變的年代，一九八九年馬來西亞政府和馬共的和

[23] 伍燕翎〈英雄現世，歷史退位——淺論小黑的《白水黑山》〉，《中文人》第二期，加影新紀元學院，2006 年，頁 52。

解，是許多人始料未及的結果。曾經被馬來西亞政府視為國家第一號敵人的馬共，忽然被允許放下武器下山，回歸社會，固然可以看成為了國家和平，雙方同意讓過去的恩怨結束，一切重新開始。〈白水黑山〉完成於一九九一年，距離馬共和馬政府和解不久，一直關注馬共課題的小黑在這項歷史大事件中，有更多的感觸。過去幾十年，國家的歷史由官方掌握，「馬共」往往和「華人」掛鉤在一起，和華人社會有著千絲萬縷的關係，當年的反殖民、抗日鬥爭，居然是日後許多華人家庭的傷痛。〈白水黑山〉寫得很沉穩，小說中的小說〈白水・黑山〉卻時時顯露壓抑不住澎湃的感情。小說留下很多思考空間，對於馬共的鬥爭、華人新村的傷痕、政府軍和馬共無法厘清的恩怨，是否一句「錯誤的時代」就能真正地了結嗎？那些無辜犧牲的性命，在歷史長河中，渺小得如螞蟻，只要伸腳一抹，就了無痕跡。我們應當如何看待那段歷史？誰能夠給歷史公平的評價？

〈樹林〉、〈細雨紛紛〉和〈白水黑山〉被陳鵬翔譽為「馬華小說史上極為難得一見的傑作」[24]，這三篇小說的深刻描寫構成完整不同敘述角度的「馬共書寫」。小說刊出之後，引起許多學者的關注，紛紛加以解讀，將之作為對歷史反省的例子，討論之多，大概也是作者始料不及的。[25]

---

[24] 陳鵬翔〈小黑小說書寫的軌跡〉，第 292 頁。除了所舉三篇，還有《黯淡的大火》也在陳所讚賞的名單中。由於《黯淡的大火》不屬於馬共書寫的範圍，故省略。

[25] 深入討論小黑的歷史敘述的，除陳鵬翔外，尚有郭建軍〈世紀末回首——論

（三）、旅程外：遠去的恩怨情仇

〈白水黑山〉完稿之後十多年，小黑創作了〈煉丹記〉和〈最後的旅程〉，可以作為「馬共書寫」的「外二章」。〈煉丹記〉是〈細雨紛紛〉其中一個小片段的延續。〈細雨紛紛〉中的泰南小鎮，是敘述者招待海外客戶進行「另一場戰爭」的「開心小鎮」：

> 我看小張不再愁眉苦臉，一副摩拳擦掌、躍躍欲試的樣子，又提出了警戒：「這個市鎮，據說除了遊客，其餘都是共產黨。你可不要折磨死人。姐兒可能是共產黨的妹子呢。」
>
> 小張馬上回答：「我們會憐香惜玉，見機行事。你放心吧。」

妓女與共產黨，他們都像天空低飛的燕子，把老巢建設在這個簡樸的邊陲小城。綿密的細雨把山巒渲染得白茫茫，更難將層迭的山嶺看個透澈了。

走了共產黨，來了妓女，當年無產階級的鬥爭，究竟是為了什麼？

〈煉丹記〉的時代背景進入廿一世紀，一群在小鎮上的老男人，苦拼了大半生，晚年最大的享受是光顧來自「家鄉」的年輕女人，他們不惜放棄為人丈夫和父親的尊嚴，夜夜風流，每天都往「溫柔鄉」報到：

> 溫柔鄉是矮子華的父親當年在自家的橡膠園內搭建的舊式木板洋樓。根據他那死去多年的老爸透露，在這座老洋樓內

作為南洋反思文學的小黑小說〉和伍燕翎〈英雄現世，歷史退位——淺論小黑《白水黑山》〉。

> 還曾經庇護過當年抗日軍的地下成員。還沒有翻新之前，洋樓的木板上猶殘留著六十多年前軍警和抗日軍駁火的彈孔。赤臉、哥巴拉與錢亞明可以見證。當然，如今沒有人談抗日軍了。抗日大本營已經給三夾板隔間，分為十二個小房間，各得其所。（〈煉丹記〉）

小鎮老男人對「溫柔鄉」可說是義無反顧，視死如歸，就像當年一群年輕人為了美好的理想，義無反顧投入森林那樣。如今，「溫柔鄉」所在之處，就是當年抗日的大本營，同樣視死如歸，當年抗日軍換成了今日的妓女，時間的推移見證了極其諷刺又可笑的轉變。

〈結束的旅程〉則可視作是〈白水黑山〉的「注腳」，如同電影結束後，真正的主角忽然現身螢幕，告訴觀眾剛才大家看的不過是出戲劇，為了藝術效果，劇情有所誇張虛構，真正主角在此。〈白水黑山〉寫得很冷靜，實際上要表達的感情很澎湃、激烈，小黑對那段傷痛的歷史提出無數疑問，而那些千絲萬縷的疑問在官方在民間，恐怕都無法解答清楚。十四年過去了，馬來西亞的政治氣候又有了新的變化，走出森林的前馬共紛紛出版回憶錄，重現他們激情年代的生活體驗，讓我們看到官方敘述之外的聲音[26]。小黑在〈白水黑山〉出版後十四年，寫了〈結束的旅程〉[27]，作為「馬共書寫」的

[26] 鍾怡雯〈歷史的反面與裂縫——馬共書寫的問題研究〉，《馬華文學史與浪漫傳統》，台北，萬卷樓，2009 年，頁 3-58。

[27] 〈結束的旅程〉提及「去年總書記出版回憶錄」，馬共總書記陳平的《我方的歷史》於二〇〇四年出版，故推測〈結束的旅程〉寫於二〇〇五年。在《第九屆馬華文學獎紀念特刊中》收錄了小黑的得獎感言，提到「雖然歷史越來越

總結，恐怕還是有玄機的。經過時間歷練，或許他對歷史滄桑有了新的體會，或許學者（讀者）對〈白水黑山〉的解讀，讓他覺得有必要「修正」自己的敘述方式所產生的效果。

〈結束的旅程〉，一反過去對歷史敘述的不確定和模糊，非常明白且正面地描寫抗日軍的歷史角色。敘述者帶著當年失蹤又再現的「三叔」回到班台——當年 136 部隊活躍的小鎮，回味六十年前的舊事。文中揭露三叔才是〈白水黑山〉中二舅的原型，日本南侵時，三叔曾經參加了立下顯赫功績的 136 部隊：

> 136 部隊在印度接受訓練完畢，悄悄在這裡上岸，經過紅土坎、怡保，再進入金寶山脈，幫忙英國軍隊在半島上打日本侵略軍。為了民族和國家，他們都是將生死置之度外的好漢。（〈結束的旅程〉）

三叔回到當年 136 部隊登陸的海灣，六十年了，三叔也不能確定當年「歷史的海灣」所在地。他在海灘上不斷來回踱步，也不說一句話。一直到上了汽車，三叔終於開口：「儘管不能確定真正的地點，歷史還是曾經存在的。」小說寫到了此處，小黑索性挑明瞭說，無論官方歷史如何刻意地抹掉了過去的事蹟，但是曾經存在過的，必留下痕跡。因為真正的歷史事實，不存在官方，但一直存在於民間。

遙遠與模糊，還是引發我深切的關注。時機成熟，我發表了〈白水黑山〉、〈細雨紛紛〉以及今年初的〈結束的旅程〉。」小黑二〇〇六年獲得「馬華文學獎」，故可推斷此文發表於二〇〇六年。見《第九屆馬華文學獎紀念特刊中》，頁 11。

〈白水黑山〉所寫的英雄人物二舅回到舊地，匆匆地來，匆匆地走，沒有意識要隨陳立安上山憑弔過往，辜負了堅持守望三十九年的戰友。在〈結束的旅程〉中，小黑讓二舅「還原」成三叔，借此修正了這個英雄人物的形象。真正的三叔回來了，他不但去了「白水鎮」，走訪過去的足跡，也登上了「黑山」，憑弔當年走過的山洞、瀑布。三叔沉穩、眷念舊情，他還去探訪當年救他一命的朋友。對於過往，他寬容地放下了恩怨，以冷靜、溫情凝視過去的戰場和現在的家園。

到了廿一世紀，談論馬共的歷史角色不再是避諱，〈結束的旅程〉的描寫，對馬共有了更大的包容。其中一幕描寫當年的黑山已經開放成旅遊區，敘述者和三叔跟著旅客進入山洞參觀：

> 「共產黨和抗日軍有分別嗎？」團員中有一位年輕人問嚮導。也許這是一個常常被提起的問題，嚮導不假思索回答：「抗日軍就是後來的共產黨，本來是英國人的盟友，後來變成英國軍隊追剿的敵人。」（〈結束的旅程〉）

從過去含含糊糊的避諱，到不假思索地直面，正意味著遲來的「平反」。人們開始正視馬共在歷史上的角色。時間終究會過去，恩怨遲早會平息，歷史敘述也因此有了不同立場的聲音。小黑的馬共書寫，從〈樹林〉來到〈結束的旅程〉，才算真正完成了他個人對歷史的反思。作者將一系列的馬共書寫作品放在一起，讓我們同時經歷虛虛實實，交錯無間的情節，一方面顯示作者馬共書寫的連貫性，一方面也提供讀者更多的思考空間。小黑將馬共的議題複雜化的同時，又做到還原馬共歷史的清晰化。人生如小說，還是小說如人生？小黑在〈最後的旅程〉交代了他宏偉澎湃的馬共書寫的最後結局，可說讓虛構的情節更接近歷史真實，同時也讓歷史敘述退回到虛構的世界。

最耐人尋味的是小說的結尾：

> 三叔歎了一口氣：「幸好後天就要回去了。家裡幾個孫子不知怎麼了？」他緊緊握住我的手，說：「侄兒，好好努力！」三叔本來是白水鎮的孩子，如今卻說「幸好要回去」，我默默地咀嚼，一時間也不知怎麼形容。

從哪裡來，就回到哪裡去。世事變化，滄海桑田，馬共走入歷史，出走的三叔回到了舊地，然而，家鄉變成了異鄉，三叔只好回去那個曾啟發他政治立場的國家，那裡有他的家庭和他的後代，結束了他回南洋探親的旅程。到目前為止，〈結束的旅程〉是小黑馬共書寫的最後一篇，隨著時局的變化，越來越多馬共的資料和回憶錄出現，足以消解官方歷史幾十年來所掌握的主觀敘述。會不會有一天，小黑又把〈結束的旅程〉重新解構，再為馬共歷史、人物重新詮釋一番？

結語

小黑的小說承載了馬來西亞華人在歷史的發展中，最受關注的敏感事件，如反殖民、抗日、馬共、新村、「五一三」種族衝突事件、華校改制、茅草行動等，其中馬共題材的書寫是小黑寫作生涯中，最具成就的部分。小黑敏銳和細膩的文筆，通過後現代的寫作手法，為馬來西亞華人記下了民族在夾縫求存的慘痛經歷。相較與同期的小說家，無可否認地，小黑對歷史事件的冷靜敘述，提供我們更多的反思空間。

［2012］

殘損的理想：
吳岸詩歌的國族追尋

你對我們這一代有何感想，哦大海？
你把北方的大陸和南方的島嶼分開！
你又把北方的大陸和南方的島嶼連接起來！
——吳岸〈南中國海〉

前言

吳岸（1937-2015），原名丘立基，祖籍廣東澄海。他出生於砂拉越古晉，是中國移民東南亞的第三代華人。吳岸是馬來西亞著名詩人，曾獲第四屆「馬華文學獎」，一生致力於文學創作，在世界華文詩壇具有較高的名聲。迄今，出版的作品文體繁多，有詩集《盾上的詩篇》（1962）、《達邦樹禮贊》（1982）、《我何曾睡著》（1985）、

《旅者》（1987）、《榴槤賦》（1991）、《吳岸詩選》（1996）、《生命存檔》（1998）、《破曉時分》（2004）、《美哉古晉》（2008）、《殘損的微笑》（2012）、馬來文譯詩集《*Gulombang Rejang*》（1988）、英譯詩集《*A Tribute To The Tapang Tree*》（1989）、中英對照《吳岸短詩選》（2003）；有評論集《到生活中尋找繆斯》（1987）、《馬華文學的再出發》（1991）、《九十年代馬華文學展望》（1995）、《堅持與探索》（2004）；歷史著作有《砂拉越史話》（1998）；傳記文學《黃文彬傳》（2000）；散文集《葛園散草》（2005）等。

吳岸生長在第二次世界大戰時期，成長過程中經歷了被殖民（殖民主義）與爭取獨立時期（民主主義）的時代交替。他的作品蘊含豐富的現實主義和愛國意識。據詩人的自述，他自小在父兄的教育和影響下，初中就參加了反殖民統治大罷課運動。後來參與砂拉越的反殖民統治和爭取獨立運動，創作許多含有政治意識的詩作，遭到殖民地政府和馬來西亞政府的追捕，一九六六年十二月與妻子被捕，入獄十年。獲釋以後，他繼續創作。

《殘損的微笑》（台北：釀出版，2012）是吳岸最具代表的詩集，由詩人從一九五三年以降的八部詩集當中自選出最優秀的作品，可說是集作者創作之精華所在。本文以詩集〈殘損的微笑〉為討論對象[1]，探討作者創作生涯中所體現的精神內涵。

---

[1] 本文所有引述的詩句皆出自《殘損的微笑》，不另註明頁碼。

一、腳所踩踏的即是鄉：家國之認同

砂拉越於一九六三年加入馬來西亞聯合邦時，吳岸廿五歲。吳岸自十五歲開始寫詩，我們可以在吳岸的作品中看到馬來西亞未獨立之前，南洋華人社會對「祖國」的概念的分歧。吳岸的青年時期，也就是馬來西亞還未成立之前，第一代的華人自然而然視中國為祖國，當南洋一帶是寄居之地。吳岸的祖父滿清末年從中國南來，帶著家鄉深刻的記憶，最大的願望是落葉歸根。其父的記憶來自祖父的教誨，他們土生土長，對原鄉的認識來自父親的耳提面命，依然傳承來自原鄉的傳統與風俗，雖然沒有原鄉生活的經驗，卻忠誠地複製先人的生活記憶。第三代距離他們祖、父輩的原鄉記憶日遠，對原鄉的感情轉移到腳上所踩踏著的土地上。

隨著世界局勢的改變，一九四九年新中國成立，歷史把流落到海外的華人帶到抉擇的路口：回國還是不回國？許多華人選擇回國和家人團聚和參與建設，更多的人選擇觀望或暫時不回國，準備先在南洋賺取財富，將來局勢明朗後才衣錦還鄉，有些甚至準備在南洋終老。不管回國還是不回國，那時候南洋還是殖民地，無論在中國大陸還是在海外出生，華人就是中國人，幾乎不存在國籍認同的問題。

到了一九五七年，馬來西亞獨立的進程勢在必行，華人到了必須選擇國籍的關頭。在這個歷史的轉捩點，馬來（西）亞即將獨立為一個新興國家，這個英國殖民地自一九四八年就站在反共的陣營，正式和中國大陸斷絕往來，禁止中國出版的書籍進口馬來亞和兩國人員往來，而且以英國為首的軍隊如火如荼進行大規模的剿滅馬來亞共產黨。華人在馬來西亞獨立後，要不成為「馬來西亞公民」，不然就「回去中國」，不允許雙重國籍，或成為所謂留在馬來西亞的中國人。

對於堅持了幾代中國認同的華人，千辛萬苦在異域辦校、建廟，為的是讓子孫後代繼承「中國人」的身份和特徵，要他們放棄中國人的身份成為異國的公民，確實難以接受。與此同時，許多華人家庭已經落地生根，有的已經組成第三代、第四代的家庭，若要連根拔起，放棄略有所成的產業，回去局勢未定，前途未明的祖國，也無法割捨。去或留，在一個家庭裡也出現不同的聲音。

同年八月十二日，吳岸發表了一首可說是歷史見證的〈祖國〉，顯示許多華人家庭因政治局勢而必須做出的割捨。去與留、原鄉還是本土、中國人還是非中國人，對已經在南洋開枝散葉的華人都是痛苦的抉擇。華人傳統的觀念就是要認祖歸宗、落葉歸根，離家再遠再久，也斷不了原鄉的親情，回家是他們最大的心願。可是，滯留異鄉越久，越容易累積所要承擔的責任。一邊是等著他回鄉的親人，一邊是在身邊的孩子和孫子，是一個人回去，還是舉家搬遷？已經成年成家的孩子又如何作想？如何解決原鄉去留的問題，吳岸的〈祖國〉做出了一個看來兩全其美，卻又悲壯無比的割捨。

在離別的渡頭，快樂和悲哀交織，「一個白髮的老婦在船舷上哭泣，一個青年在她的身邊向她低語，是母親在送別自己的骨肉？還是兒子在送著母親遠去？」（〈祖國〉）這首詩要寫的是原鄉與本土的決裂、母與子的訣別。在親情和祖國之間，老婦人縱使不捨得自己的骨肉分離，但她選擇了祖國和自己在原鄉的親人，完成了她身為子女的倫理選擇，卻放棄了身為母親的責任。而年輕人和母親訣別，留了下來和他所在的土地一起，是放棄身為子女的義務，而成全了自己身為國民的責任，兩者都必須割捨。對於「祖國」的概念，詩人借年輕人的身分說：「你的祖國曾是我夢裡的天堂／你一次又一次地要我記住／那裡的泥土埋著祖宗的枯骨／我永遠記得——可是母親，再見了！」

吳岸對「原鄉」和「祖國」位置的處理，不失是在錯綜複雜的國土概念中一種理性的分割，冷靜中帶慘烈。他說：「祖國也在向我呼喚／她在我腳下／不在彼岸」、「祖宗的骨埋在他們的鄉土裡／我的骨要埋在我的鄉土裡。」在那個兩地不能自由往來的年代，作者那一代人找到自己的「鄉土」和「祖國」的時候，也就意味著和母親的生命作了割裂，必須讓母親的歷史在他們的年代終結，不再為上一代的祖國概念所牽絆，而他才得以作為另一個生命體的開始，在另外一個國土上開枝散葉。

如今交通方便，國與國之間自由往來，移民他國，母子兩地分隔是極普通的事。然而在一九五〇年代，政治的因素，南洋的華人回歸中國大陸是張單程票，回去了就不允許回來，許多家庭被迫分散、親友別離，至死不曾相見。[2]所以，這對母子的道別不是尋常的道別，是一種生離死別，因此格外沉重。母子原本可以一起離去或

---

[2] 一九四八年禁止中馬文化交流，直到一九七二年，中馬建交，限於商業貿易，一九八七年以後允許華人到中國探親，一九九二年後，兩國人民可以自由探訪。

者同時留下，卻因為對原鄉的牽掛，母親牽掛她和她父母的家鄉，忍心割捨骨肉親情。年輕人牽掛自己成長的家鄉，忍痛不和母親回歸。他們做出了各在一方的割捨，當他說「再見了，我親愛的母親」的時候，需要多大的勇氣和決心。

政治的因素，讓一對母子被迫分割兩地。母親走了，也帶走了他的過去，未來不會再有父母的呵護，我們在吳岸的詩歌裡看到當時華人的這個歷史的轉捩點，所面對的分離和孤寂，他說：

> 再見了，我的親愛的母親。
>
> 輪船消失在河流的遠方，
>
> 擁擠的碼頭只剩下一個青年，
>
> 只有河水依然在激蕩！

很多人看到詩人悲壯地向母親和母親的祖國告別，認為這是華人對本土表達效忠和認同的證明。卻沒有留意此詩的最後一段：「從此他告別了自己的歡笑／從此他告別了自己的悲哀／當他疾步走在赤道的街上／他就想著祖國偏僻的村莊!」他為何沒有了歡笑，也沒有了悲哀？那是因為天倫之樂（母親）離開了他，使他沒有了歡樂，也因為母親（歷史的負擔）的遠去，讓他不再沉溺在悲哀當中，因此可以疾步走在赤道的街上，實現他的理想。然而他那看似堅定剛強的步伐中，內心卻時時還是牽掛著母親（祖國）所在的村莊，最後一段的反覆矛盾和這首詩整體所表現的堅決果斷起了相當大的衝突。或許就是這樣的衝突，才讓這首詩欲斷不斷的情感更顯迴腸盪氣，欲罷不能。

二、遠去的依舊存在：原鄉與本土的掙扎

寫〈祖國〉之後的第二年，雖然馬來西亞已經獨立，吳岸所在的砂拉越還在英國殖民統治下。一九五八年十二月廿九日，吳岸發表了氣勢澎湃的〈南中國海〉，思考原鄉中國和鄉土的關係。根據創作年代，此詩發表在〈祖國〉之後，然而在二〇一二年出版的吳岸詩歌自選集〈殘損的微笑〉中，詩人將此詩放在第一篇。時隔五十四年之後，時局的變遷，砂拉越在一九六三年加入馬來西亞聯合邦，正式脫離了英國的殖民統治。吳岸也在爭取國土獨立的過程中，被捕入獄十年，付出了慘痛的青春代價。吳岸在整理自選集《殘損的微笑》時，將此首詩放在〈祖國〉之前，是作為民族遷徙到南洋的開篇史詩呢，還是暗示他一生對鄉土與文化的思考的起點？

縱觀詩人所在的時代和今日的局勢，馬來西亞華人對國土與原鄉文化的認同，並沒有因為時日的過去而分割，反而千絲萬縷地更糾纏不清，也許華人與原鄉的關係，就如〈南中國海〉所敘述那樣，欲斷不斷，似斷還續：

雄渾的海洋呵，南中國海

你以你的滔滔滾滾的狂浪

把北方的大陸和南方的島嶼衝開

你以你的滔滔滾滾的狂浪

把北方的大陸和南方的島嶼連接起來

詩的開篇和結尾都感歎浩瀚的海洋「把北方的大陸和南方的島嶼分開，又把北方的大陸和南方的島嶼連接起來」，強調中國大陸

和海外華人即分割又連貫的關係。詩人巧妙地將南中國海當做媒介，首先把原鄉和在地分割開來，形成空間的距離，同時又把分割兩地的土地接連起來，變成一體。在這首詩裡，海洋是時空實體，分開以前和現在，同時它也是傳輸通道，傳輸著移民和文化。

詩人將南中國海形容成「洪濤」，拍打著在大陸沿海一帶和南方島嶼之間。這片海域遼闊、驚險，是古今兵家和海盜的必爭之地。中國大陸南方沿海一帶的居民通過這個海域，翻過濤濤海浪，直達偏遠的南方島嶼，經商也尋找生計。從哪裡來，就回到哪裡去。回去也是同樣的海路，穿過南中國海，回到家鄉。在這個往返的路途上，葬身海洋的也不計其數。這是一座充滿心酸血淚的大海，漂流著中國移民的悲壯故事。「一張破席，兩個枕頭，一個求生的熱望／我們的祖先漂流在你的洪濤裡」。

上岸之後，「人們得以最精巧和豐富的想像」，才能還原當初這批人如何用血汗在「半黑暗的荒蠻的處女林」找到立足之地，幾句話，道盡了開荒者的千辛萬苦和血淚歷史。他們將荒蠻之地變成良田，種植出豐富的果樹、橡膠和稻米。多個段落以「我們的祖先漂流在你的洪濤裡」為結，不斷喚起祖先漂洋過海的歷史記憶，增添了這首詩的滄桑感。

華人先民有了安身立命的土地，建立了學校和廟宇，於是「學校裡不時傳來朗朗的讀書聲／古色古香的廟宇裡飄浮著晨禱的香火」，族人子弟勤學，廟宇香火不斷，本是值得安慰的事，詩人的心靈深處還是常常感到若有所失，尤其是「在清明的烈日下虔誠地把香燭，燃在先人的墓前，沒有了碑的古墓前」，「感想尤其變得繁複，心緒尤其變得深沉」。

無論是「香火」還是「墓碑」，都是華人斬斷不去的身世。幾乎所有的華人先祖的墓碑上都可以看到他們的原鄉來自那個地區那個村莊，無論現在在何方、說著什麼樣的語言，先祖的墓碑始終是強烈的提示他們的身份。「沒有碑的古墓」意味著這些曾經披荊斬棘的先祖，功績在歷史上除名，也被後人所忘記。讀書傳承文化，香火延續血脈，沒有碑的古墓，意味著原鄉的記憶剔除，香火的延續也就失去了意義。

我們在這裡落土，又在這裡生根
我們餐的是椰風，宿的是蕉雨
炎陽天下烤黑了皮膚，但血仍然是血
說：我們是兒女，土地是母親
　　你的北方的大陸是我們的父親

華人的生命力極強，他們就像海濱的椰林拋落在沙灘上的椰子，任潮汐將它們沖載到遠處的島嶼，在那裡，種子長大成樹，椰樹又結出了千萬顆香甜的果實，一代一代繁衍下去。華人敢於遷徙到更遠的地方，同時任憑距離遙遠，華人還是秉承望鄉情節，希望自己能夠認祖歸宗、落葉歸根。「但祖母白髮蒼蒼，面容皺似苦瓜／她的手中抱著小豬般可愛的孫兒／用老花眼凝望著壁上祖父的遺像／為甚麼，嘗盡辛酸的心又在低低地欺息。」即使有了安居樂業的環境，兒孫滿堂，為何還是不覺得意猶未盡呢？或許就是因為「我們在這裡落土，又在這裡生根／我們餐的是椰風，宿的是蕉雨／炎陽天下烤黑了皮膚，但血仍然是血／說：我們是兒女，土地是母親／

你的北方的大陸是我們的父親」。將原鄉完全從生命中剔除，「移植」到異鄉的靈魂找不到完整的歸屬。

在寫〈祖國〉的時候，局勢混亂，時間的迫切，只能讓當事人當機立斷選擇「去」或「留」。這時候，母體決定回歸，年輕人的理性戰勝感性，拒絕跟隨母親回歸原鄉，狠心斬斷和母體的聯繫，無奈目送輪船遠去。一年之後，局勢不利於砂拉越的獨立，英殖民地政府處心積慮要把新加坡和位於南中國海東邊的沙巴、砂拉越加入馬來西亞聯邦，砂拉越華人將面對的是多元民族，並以馬來人文化、宗教的族群為首的社會，文化融合將是即將面臨的難關。詩人沉靜下來，開始思考民族、身份、歷史的問題，面臨濤濤巨浪的海洋，詩人沉吟再三，憂思難忘。我們不妨將〈南中國海〉看著是作者對華人移民文化身份的多重思考，透露著詩人多重的憂患。

選擇，也是一個賭注，詩人無法預測未來的日子，自己的族人會在這個土地上永遠安居樂業，是否也會面對另一場戰亂、經濟危機。甚至被逐出國土，或者再次地漂流到另外一個地方，重複祖先的命運？是否有一日，當年漂流到南方島嶼的族人後裔，歷經滄桑之後，像候鳥一樣，從南方的島嶼，穿過南中國海，回歸到北方的大陸，或漂流更遠的地方，去感受熱帶所沒有的春天？詩人因此有此一問：

> 五十年，一個世紀，十個世紀，過了……
>
> 當候鳥又抖擻起翅羽飛向春天
>
> 一群孩子背著失學、失戀、失業和
>
> 「不需要人士」的行李，唱著低沉的歌

穿過你的胸膛去追尋那命中第一個春天

　　海洋，你對他們又有何感想？

在時代的轉捩點，一向擁有強烈本土認同的詩人，也不免心生疑惑，對於先人艱苦的遷徙和無法掌握的未來，作者感到惶恐。而五十多後年的今天，詩人的憂慮還是不幸而言中，許多對國家前景失去信心的人，再次離開了家鄉，飛向更遠的地方。

先人千辛萬苦離鄉背井的過程，不能斬斷的原鄉記憶，感受到先人迫切願望的詩人，是一種歷史重擔，不能任意卸下，勇敢展望未來。自己未來的原鄉，取決於今日的決定，而後人的命運也取決於當下的抉擇，詩人思前想後，左右為難，最後只得把所有的疑惑與憂慮向南中國海傾訴：

而我們，背負著歷史的重擔

試圖攀登赤道上白雲繚繞的高山

直到望見你浩瀚的面影，高歌一曲吧

我們想起了漂流在你洪濤裡的祖先

　　還有我們未來的子孫

你對我們這一代有何感想，哦大海？

你把北方的大陸和南方的島嶼分開！

你又把北方的大陸和南方的島嶼連接起來！

吳岸對自己的居住地（北婆羅洲）很早就作出了國土與原鄉的認同，在馬來西亞獨立（1957）和成立（1963）之前。吳岸對所生活的土地已經產生原鄉的認同，這種自覺性的認同源自詩人的成長過程與這片土地休戚與共。詩人出生時正是社會動盪混亂的二戰時期，孩提時就親歷戰爭所帶來迫害與痛苦。詩作〈古箏〉的敘述中提到自己的父親：「憶年幼時，日軍南侵，家鄉淪陷，父親因參加抗日賑濟被捕，監禁經月，出獄後率家人避居山芭」。詩人父親參加抗日，乃源自原鄉被日本侵略的同仇敵愾，以及保護當前家園和家人，因此付出了入獄的代價。

吳岸自幼受到父親的影響，成長時期又受中國詩人郭沫若、艾青詩的影響，所創作的詩歌普遍上可見處處的熱血澎湃愛國的吶喊，〈祖國〉是那時的代表作。在東南亞人民尋求獨立的環境中，詩人將愛國的情感投注在自己生長的土地上，帶著建立新國土的感情，積極投身到反侵略反殖民的洪流中。他在〈古箏〉一詩中所寫的「驀然一聲長嘯／壯懷激烈／一時有亂箭齊發／把「久鎮」的／夜空／震撼得／搖搖欲墜」，將爭取國土獨立的行為，和守護邊疆的岳飛相提並論，這樣一場為自己國土而戰的深刻經歷，激發詩人對那片土生土長的土地的熱情。

從吳岸的詩歌作品中，我們可以看到華人移民對本土認同的歷程。早期華人對原鄉國土和原鄉文化的概念是統一的，先人對故土頻頻回望，落葉歸根是他們生命終點的追尋。經歷兩三代後，新中國建立，南洋各地興起獨立的浪潮，一九五五年中國在「萬隆會議」闡明單一國籍的立場，迫使當地華人必須做出國民身份的抉擇、歸或留的決定。〈祖國〉和〈南中國海〉兩首詩足見南洋幾代華人對國土認同的掙扎，以致後來馬、中兩國不相往來四十年，導致許多家庭分割兩地，至親之間，至死都無法團聚的遺憾。

三、紮根的樹：華人的足跡

隨著世界政治紛爭塵埃落定，共產黨執政中國大陸，東南亞反共的國家陸續獨立，不能回鄉或無法回鄉的華人，遂決定定居下來，將鄉土之情轉移到所踩踏的土地上，落實了馬來諺語：「腳所踩踏的土地，就是我的國土」之意。一九六三年九月十六日，砂拉越與沙巴、新加坡加入馬來西亞聯合邦，成為馬來西亞的一部分。這些地方的的居民可以成為公民。

砂拉越加入馬來西亞聯邦的進程，勢在必行，一九六二年，英國殖民政府對獨立運動實行大鎮壓，進行大逮捕，參與獨立鬥爭的文藝界成員有的遣送回中國，有的身陷囹圄。吳岸身為其中一員，在逃亡中所寫的〈獻給我的祖國〉詩稿在被逮捕時落入敵手。一九六六年被捕，身陷囹圄，與妻子一起被關押在集中營長達十年的歲月。十年的牢獄之災，詩人曾說那是生命中的困難時期，之所以能夠堅持度過厄難，主要是對祖國的愛與對詩歌藝術的執著。詩人出獄後，重新創作，出版詩集〈達邦樹禮贊〉，呈現創作技巧和思想上的成熟。詩人說「歲月能漂白我的頭髮／卻消磨不了我們遠征的夢／直到那一天／門兒打開／我跨出門檻／它又緊緊擁抱我的腳／在熱淚中／我們又一道／沿著祖國的青山翠谷／一路／吻去⋯⋯」，即使歲月的流逝，那對祖國的熱愛，始終沒有改變。

馬來西亞的政治局勢基本上已成定局，往事只能回味。吳岸在往後的生命，一直咀嚼當年激情奔放的歲月，自由和理想的追尋。在回溯過去的過程中，我們看到吳岸將其生命追溯到父親和祖父，以及族人南來的歷史。在讚美家園的同時，他也感受到祖輩辛勞開拓的心酸過去，父輩建立的一間屋子，以及逝世之後安身的一座墳墓，都在他詩中展現一卷豐富華族南來史卷。

此後，我們看到吳岸的詩篇裡，「祖國」一詞很明顯的就是指本土，也就是砂拉越州，詩歌很少提及「馬來西亞」的概念。馬來西亞政治局勢的塵埃落定，吳岸不再糾結於「留與歸」的掙扎，一心一意描寫和讚頌自己所腳踏的土地上。延續其一九六二年出版的第一本詩集〈盾上的詩篇〉那樣，一如既往地不斷在詩歌中宣誓自己對本土的熱愛。

馬來西亞有別於其他東南亞國家，華文教育的興盛，起著文化傳承的重任。直至一九五七年，馬來西亞已經有了一千三百家左右的華文小學，六十家華文獨中和七十多家華文中學。百分之九十的華人都接受至少華文小學的教育，至今許多華文小學已有百年歷史，其傳承文化的功能至今還在持續。

隨著歲月的流淌，出獄之後，吳岸將政治理想轉向對民族文化的思考和探索。在吳岸的自選集裡，最常勾起他感懷的是先祖南來的歷史，感同身受他們顛沛流離的身世和在本土開荒的精神。詩人無法把個人與民族原鄉的情感分開，就像「把北方的大陸和南方的島嶼衝開」，但又「把北方的大陸和南方的島嶼連接起來」，詩人見到歷史古跡，聯想起祖先的來時路，「拾級梧玄亭／青石苔裡／尋找祖先的足跡／廟裡香火／何其鼎盛／獨我憑欄眺望／在點點漁舟上／看見了／當年南渡的帆影」（〈青山岩〉）。據作者注稱，此廟建於清光緒二十九年或更早，離砂拉越古晉市十八哩外的河口峭壁上，相傳十九世紀中國移民，經數月海上行船，安全抵達後，都要上青山岩上香。詩人對先人不辭千里之遠，來到蠻荒之地的墾荒精神感到敬仰，感歎自己族人對當地的貢獻漸漸被遺忘，開荒的歷史漸漸被時間掩埋而有感而發。

北方大陸和南方島嶼在地理環境上分割，在華人的精神境界裡卻是千絲萬縷的連接，甚至超越時間和空間，他們對先祖的文化原鄉、語言為生命的母體與根本，走得再遠，始終不能斷絕。那些飄洋過海，到南洋謀生的先輩，許多因為經濟和政治的因素客死異鄉後無法將遺體送回家鄉埋葬，他們的族人設立了公墓，讓他們的先輩和將來的自己有個安葬之處。公墓取名「粵海亭」，就是一種慰藉亡靈和後輩慎終而追遠的象徵：「飄洋過海的祖先／誰不想落葉歸根／可夢斷雲山／終客死異鄉／且造個粵海山亭吧／慎終而追遠／就此長眠／不是還鄉／也是還鄉」（〈粵海亭〉）。對於先輩落葉歸根的願望，詩人是相當理解且給予同情的，「不是還鄉／也是還鄉」，道出了來自華人先輩客死異鄉的無奈。

吳岸創造詩歌之餘，也關注砂拉越歷史，詩人常常在回憶中，掉入歷史的長河中，感歎物換星移，物是人非。詩人在詩歌流露的滄桑感和歷史感，讓我們感受到詩人面對時間流逝的孤寂感。詩人回到故園，留戀從前的生活方式和人情世故，對於生命的延續和文化傳承生出歲月的無情感概：

> 放鶴亭前／那閃爍在濤聲椰影裡的長明燈／哪裡去了？／錯列在碎石路旁／斑駁的木板店／哪裡去了？／啊／何處再能聽到／和民茶室的氣燈光／流出夜歸鄉老的笑聲？／

> 橋那端踩滿我童年足跡的球場／還有那在我生命的清晨／敲響洪亮的鐘聲的／中華小學／哪裡去了？（〈流蝕之後〉）

「放鶴亭」、「長明燈」、「木板店」、「和民茶室」、「鐘聲」、「中華小學」「木舟」、「浮橋」等一九六〇年代砂拉越沿海小鎮的常見景色，經海水侵蝕，許多當年具有華人移民標誌的商店、廟宇和小學都已經消失。具有歷史敏感度的詩人看到這些移民印記的事物隨著時光消失，心裡不勝感觸。〈流蝕之後〉的下半節，詩人寫：

> 我回頭看／在沼澤的那一邊／在狂流虎視的陸地上／人們已用血汗／築起新的家園／一個市鎮／正在成長／我又看到熙熙攘攘的鄉民／又聽見從學堂傳來的／朗朗書聲／那高懸在道路盡頭浮橋的／不正是放鶴亭前那盞／長明燈？……

過去的小鎮被海水侵蝕消失，固然可惜，當詩人看到小鎮的生命在另一邊得以延續，族人的文化得以傳承時，他感到欣然。詩人一生命運坎坷，從來沒有放棄積極精神，對文化的延續也充滿信心。這也是吳岸詩歌生命不絕、詩歌擁有感人力量的原因。

華人先輩在異鄉建造了廟、台、亭等，為的是可以通過嫋嫋煙火、悠悠雲煙，以登高瞭望的姿態，越過浩瀚洪濤，讓思緒可以連接到原鄉，作為實體不能回歸的慰藉。從馬來西亞獨立初期開始，馬來亞政府已有意識地將國家推向單一語文和民族的發展，然而，成效並不顯著。在這樣一個強勢主流文化的壓力下，人口較少的華族居於弱勢，群體文化的掙扎生存自然容易激發文人們將文學的創作視為挽救民族文化的武器，作為記載、保留的容器。吳岸在這一方面的成就非常突出，出獄之後，他不再以上戰場的姿態去宣誓熱愛土地，詩人更多的是帶著自豪的心情將傳統中華文化融入本土色彩中。這種對民族文化的自豪，也是詩人「中國情結」的一種投射。

詩人在政治理想遭受挫折之後，寄情於山水、文學創作當中。然而，他孜孜不忘的是祖先的歷史、文化的傳承的痕跡得以記錄。很多時候，我們從吳岸詩篇的題目，就已經可以感受詩人對中華文化的深厚感情，如〈清明〉、〈陽春台〉、〈古甕〉、〈小瓷盤〉、〈銅鯉燈〉、〈燈籠〉、〈琵琶手〉等，內容無不與民族歷史文化有關。當時華人南來多數抱著僑居打拼的思想，將來落葉歸根才是人生最後的歸屬。後來定居南洋，仍然堅守傳統文化，在當地建立學校、興辦報章，讓這些已經成為當地公民的後代傳承民族的語言和文化。

在〈殘損的微笑〉這本精選集裡，詩人選擇了多首與慎終思遠有關的詩篇，可以感受作者的對先人和先人歷史的追思情懷。如〈清明〉借由清明節掃墓的情節，說明生命與傳承傳統文化的意義：

> 記否那年清明／你帶我上祖父的墳／（傾斜的石碑上／刻著：清宣統二年終）／你在祖父的塚上／放一片紙兒白／一片紙兒黃？／而今又清明／父親／讓我也在你的塚上／放一片紙兒白／一片紙兒黃／抬頭看／灰煙彌漫處／數不盡黃黃白白萬千點／像花兒／滿山開遍

從詩中看到華人清明掃墓的習俗，「我」（兒子）在小時候被「你」（父親）帶到祖父墳前，學習如何掃墓，到長大後的成年的

「我」為已故的父親掃墓，香火得以延續下去。祭祀祖先是儒家孝文化的基本規範，落葉歸根則是旅居在外者的想望。華人漂洋過海，客死異鄉，夢斷雲山，他們在定居處風水最好的地段建立了華人義山，借用家鄉的地名，稱為「粵海亭」，讓回不了家鄉的先輩墳墓與族人為鄰，也讓死去的靈魂可以遙望家鄉。清明掃墓包涵「追源溯本」的觀念，通過父子相傳，讓後代子孫不忘祖先來源和文化根本。

義山是飄洋過海的華人落葉歸根的想望，墳塚累累，見證了華人移民奮鬥的「榮辱悲歡／淚血恩怨／都或做了南國沃土／長成綠樹蒼蒼／兩百年／閱盡人間冷暖／看管富貴浮雲」義山作為南來祖先的長眠之地，清明也成了華人慎終思遠的重要節日，詩人的祖父、祖母和父親都長眠此處。父親祭拜祖父於此，他也跟著父親的步伐，祭拜父親和祖父母，將來他的子孫也會沿著這樣方式，對先人作出懷念。

隨著年齡增長，吳岸對中華文化的浸淫日深，感受也更具體，對於中華色彩的事物，經常發思古之幽情。〈古甕〉寫詩人遙想古甕來歷，夢回唐代，讚歎於唐釉彩的精美，「我驚見你釉的唐光／你驚見我唐的釉彩」，展現吳岸文化底蘊深厚的表現。〈銅鯉燈〉，「金燦燦一尾鯉魚／耀然從光焰中躍出／展鰭擺尾、流睛四顧／金燦燦一尾鯉魚啊它已經復活」，將銅鯉寫得活靈活現；「在苦海裡給夜行者一點光明／是離亂抑或是背叛／拋棄它在黑暗的沙灘／任風餐銹蝕／顛沛流離／從遠古的北方／流落到南島上我的手上……」，詩人將銅鯉意象化，從銅鯉的歷程聯想到祖先的漂泊，憐惜其曾經有過的璀璨光芒和歷經風霜後的斑駁，是對祖先歷史淵源的感悟和精神上的寄託。

循著「根」的意涵，詩人也對自身文化的淵源投入許多想像。〈撿門記〉寫詩人偶得一扇刻有唐杜審言五律春遊詩的中國古式木門，就想起該門板長久以來所經歷的事宜，設想其背後「藏著多少繾綣／多少悲歡」。〈粽子賦〉從包裹粽子的精神到揭開粽葉的情懷，注入歷史文化的想像，在從屈原的愛國之心，敘述華人鄉土熱愛的傳統，借屈原的際遇表達有志難伸的民族困境。

〈榴槤賦〉也是一首具有代表性的作品，乍看之下是單純的人們對榴槤的踴躍購買情況，然而詩人技巧性地將華人南來與鄭和下西洋的歷史傳說融入詩中，「想起三寶太監的惡作劇」，「南洋民間傳說，榴槤果實是鄭和下西洋路過時把糞便掛在樹上所形成的」，連接起華人南來的悠久歷史。本來是充滿南洋地方色彩的抒寫，一下就呈現出華人移民南洋的歷史淵源以及多元文化融匯的情形，充分展露詩人樂觀幽默的一面。

吳岸的文化修養和對歷史的關注，讓他的詩歌內涵更具思考的深度。他擅於將激烈的感情投注在自然景物中，表達時代變遷和人情的變化。吳岸詩歌突破地方格局、個別族群的局限，提升到人生的思考和歷史的反思的層面，這也是他優於同輩寫實詩人的地方。

四、山水行腳：心靈家園的追尋

吳岸每到一個地方，必以詩歌為美麗山河蓋上到訪的印記，他熱情讚美每一處景點。吳岸對遊覽山水的熱愛幾十年不變，他認真觀察他所處在的江山和到過的地方，他在充分瞭解地方歷史和特點之後，才將所經歷的過程，尤其是南洋島嶼特有的地名和物名寫入詩篇，歌頌地方景色和物品。吳岸《殘損的微笑》裡，將其歷年龐大的作品歸納在五大類別當中，即歲月篇、故園篇、真情篇、犀鄉篇及行腳篇。當中故園篇及犀鄉篇幾乎就是描寫各地山河的壯麗美景，其他類別雖然未必全然涉及當地地理環境的抒寫，然而在托物寄意的詩意中，詩人無時無刻將婆羅洲和各地特有的自然地標寫入詩中。

詩人一九七六年身在集中營，他的心就牽掛他的「江山」。他在〈牆〉一詩中，以無限的想像，穿透實質囚禁著他的牆，遨遊「馬當山的秀美」、「魯巴河的浩瀚」，欣賞「拉讓江依然澎湃」、「丹絨羅班的晚霞」，甚至可以與同在獄中的妻子的思維相約相見。詩歌先從砂拉越的美景寫起，營造遼闊的美景和美好的氛圍，連續的描述讓讀者沉醉在美麗的山河中，然而詩人的最終目標不是歌頌景色，而是控訴身在囹圄不能徜徉山河的悲痛，詩末的「我要去／我要去／我伸手／觸到的／依舊是厚而冰冷的牆」，牆裡牆外，自由與牢獄，詩人思緒在時空的馳騁，不局限於現實的阻隔，然而最後，殘酷冰冷的牆還是打碎他美好的想像。自由的想像和理想破滅的對立，意在言外，使這首詩的內涵更見層次和深刻。

田思在〈「書寫婆羅洲」是鄉土文學嗎？〉說道：「婆羅洲是世界第二大雨林，森林覆蓋，河川密佈，具有多元生態、多元景觀、多元民族、多元文化等特色。作為熱愛婆羅洲的子民，我們要把這個世界第三大島嶼的自然景觀與生態環境介紹出來，把多彩多姿的各族文化與融洽相處的和諧社會描繪出來，把傳統文化加以記錄、提升和發揚。」[3]也是婆羅洲本土生長的吳岸，他的文字幾乎就是為自己的土地服務，土地、山河、理想融合一體，而他終其一生去描繪、記錄婆羅洲，進而提升和發揚婆羅洲文化。

吳岸的婆羅洲書寫以山河為骨架，以自然現象、動植物為肌肉，歷史為流動的血脈，呈現出婆羅洲完整的人文面貌。他描寫山川河流，歌頌其壯麗的外型，讚美其孕育生命的靈氣，是適合動植物和人類的美麗家園，也是他生命理想可以得到施展的地方。如他寫：

> 你曾在我夢裡傾流／詩裡末／悄悄／為我帶來／生命的破曉；（〈詩裡末河〉）
>
> 也曾經天涯／向風雨裡高歌／也曾經滄海／在驚濤裡揮毫／今夜乘暮色／我要為母親河／吟歌……；（〈越河吟〉）
>
> 江水浩蕩／波濤洶湧；（〈鵝江浪〉）
>
> 那裡有美麗的鹿洞／神秘巨大舉世無雙／石壁上有海螺的化石／鐘乳下有祖先的足跡。（〈摩鹿山〉）

詩人對大地的愛，超越個人、民族，更多的是去關注所有有生命的個體，共同享有這片樂園。他在詩中經常流露出高尚的人文關懷，即使是自然界裡的樹、木、禽、鳥、果、花也付諸與人類同等的關注，他不吝文字地去描繪它們得天獨厚的特質，賦予它們靈性和感覺，如描寫：

---

[3] 田思，〈「書寫婆羅洲」是鄉土文學嗎？〉，《詩華日報・文藝》，2008年12月10日。

> 在拂曉時第一個／去迎接黎明的曙光／你那參天的綠葉／吮吸著宇宙的靈氣　（〈達邦樹禮贊〉）

> 在淒風中／它不歎息／在苦雨裡／它不哭泣／頂天立地／向藍天開展綠羽／迎著狂風暴雨／他翩然起舞；（〈椰頌〉）

> 而它卻兀自巍立危山絕谷／巋然以一萬年風雨練就的雄姿／任蝙蝠蔽天鼠蛇漫野／日日夜夜／在潔白的子宮裡／孕育著稀世醇膏　（〈榴槤賦〉）

> 回頭望／摩鹿山／我看見你莊嚴的頂峰」、「回頭望／摩鹿山／你正在把我俯看」、「一個峰迴路轉／摩鹿山／你又屹立在我眼前」、「我回頭／摩鹿山／我又見到你高貴的皇冠」。（〈摩鹿山〉）

詩人對自然界鄉土的讚頌，充分展現在詩人與自然界的互動關係。詩人帶著同等、敬仰的感情去看待自然萬物。在詩人的眼中，植物如人呼吸、椰樹翩然起舞、榴槤樹練就風雨雄姿，甚至是摩鹿山，也會和人相顧相望。詩人透過四次看見摩鹿山的景象，不同的角度，有不同的景觀。無論從哪一個角度，都顯現出山的雄偉和人類的渺小，山與人，似乎相看兩不厭。

吳岸在一個訪談中，談到作品的取材，他說「一個詩人在那裡誕生、成長和生活的記憶中的故鄉。……我的題材來自自己的記憶、家族的記憶、旅人的記憶、歷史與傳說，也取材於城市的景觀：舊時的街道、建築。」[4]吳岸秉持文學作品必須反映現實生活的理念，身體力行，體現出作品和現實的緊密結合，許多學者將吳岸定型為現實主義詩人，吳岸也不否認自己的寫作觀傾向現實主義。不過他在堅持現實主義的基礎上，不排斥任何技巧。因此，我們看到在吳岸的詩篇中，他熟練地使用各種意象去凸顯寫實的主題。

在吳岸的山水描述中，總有一種往事不堪回首的惆悵。隨著時代的變遷，年齡的增長，回看過去的家園和生活，山河依舊，人物已非，不免有很多惆悵。吳岸重游少年時代的家園，看到的是家園已經不再是以前的家園。詩人記憶中「家園」有許多童年的回憶和親情的溫馨，吳岸的〈重建家園〉這麼說：

> 我要用蛙聲／重建我的家園／……／我要以亞答屋和菜園／以小溪與蘆薈的協奏／晨鳥的合唱／炊煙裡母親的呼喚／和夜來香的芬芳／重建我的家園／在雨後的星空下／聽取蛙聲一片

那是再也回不去的家園。詩人在父親開創的合記園度過童年和少年。詩中最為明顯而且也最令人讚歎的是詩人汲取生活中常見的家園題材，筆法樸素卻飽含感情，完美結合了本土色彩「亞答屋」以及中國古詩詞元素，尤其是結尾一句「聽取蛙聲一片」，妙用辛棄疾的〈西江月・夜行黃沙道中〉（稻花香裡說更年，聽取蛙聲一

[4] 轉引自林小東部落格文章拉讓盆地文學 Literature of Rejang Basin：徜徉美哉古晉山水的詩情——詩人吳岸訪談錄，http://kamunasiwa.blogspot.com/2011/04/blog-post_30.html，2012 年 06 月 29 日。

片）之句，古典的韻味猶如畫龍點睛。

詩人擅於移情入景，常常在描述自然景觀中流露出當年豪情，即使是寫一條河，也充滿力量和澎湃的生命力。如〈詩里末河〉：「你曾在我夢裡傾流／詩里末／悄悄／為我帶來／生命的破曉」、〈越河吟〉：「也曾經天涯／向風雨裡高歌／也曾經滄海／在驚濤裡揮毫／今夜乘暮色／我要為母親河／吟歌……」和〈鵝江浪〉：「江水浩蕩／波濤洶湧」等，詩人筆下的河水傾注了詩人個人的感情。歲月如水，流水成了吳岸詩中重要的意象，滔滔不絕的水就是他永不停歇的情緒。流水也是時間，承載著他過往的青春。那些游走山河與當權者抗爭的歲月，河水的力量見證了他的理想和壯志。

吳岸的山水描繪，隨著他的步履越走越遠，除了砂拉越、沙巴，他也去了馬來亞半島各城鎮、中國大陸、汶萊、菲律賓、印尼、日本、韓國等地，帶著文學的關懷，他的心靈家園走出區域、國家的局限，他讚美的大地上所有壯美的景觀，養育萬物的自然界。吳岸的家園再也不是實質的家園，更多的是他心裡的家園，一個可以安居樂業、自由自在的淳樸世界，沒有國界，也沒有人為的藩籬。

五、多元文化的包容：至上的人文關懷

婆羅洲的原始生態環境聞名於世，人盡皆知，而與原始生態共相處的原住民堪稱是人類古代文明的代表，至今仍然保留部落文明的居住方式以及祖先所傳承的傳統文化。原始文明、現代文明、雨林文化結合而成多文化元素，對於在此出生成長的詩人而言，婆羅

洲就是一塊取之不盡的靈感泉源之地。

吳岸長期行走砂拉越和沙巴各地，與當地原住民交往密切，感情深厚，對他們的風土人情和生活文化有深刻的體會。張光達認為吳岸在〈犀鳥〉篇以及散見各輯的有關原住民的書寫，跨越了族群的限制，「他以寫實的筆觸，寫下原住民的鄉土人事，一景一物，盡見真情，隱藏在詩人的寫實語言風格底下，總有寫浪漫情懷，成為詩人對地方情感的寄託，而他對鄉土的包容、跨越族群生活倫理的觀察和體認，也直指人文關懷的真諦。」[5]一些馬華文學論述者，也將吳岸作為婆羅洲書寫的先驅，認為他在砂拉越華文作家有意識提倡書寫當地人文特色時，吳岸已經在 90 年代之前就完成了這項任務。[6]

吳岸在犀鄉篇裡所收錄的詩篇，主要描寫砂拉越州內最大的原住民——伊班族的生活習俗，當中採用了大量伊班族傳統或特有的語言詞彙，如：

女性的名字：伊娜、娜揚、雅蘭

男性的名字：西蒙、古邦、沙布、達揚、沙蓋、巴力

長者的稱呼：阿拜（父親）、因奈（母親）、本胡魯（村長）、大魯麻（長屋屋長）、天孟公（最高酋長）

---

[5] 張光達〈導讀‧從鄉土認同到婆羅洲地志書寫——論吳岸詩歌的獨特性〉，《殘損的微笑》，第 19-20 頁。

[6] 沈慶旺〈雨林文學的回鄉——1970-2003 年砂華文學初探〉，收入陳大為、鍾怡雯、胡金倫編《赤道回聲：馬華文學讀本 II》，台北：萬卷樓出版社，2004，第 605-643 頁。

物件：長物、舟、長矛噴筒、盾牌、巴郎刀

飲料：杜阿（米酒）

節慶：加歪節（Gawai）、達雅節（Dayak）、Ngajat（節慶舞蹈名稱）

詩人對伊班族的描寫是經過真實的接觸和深切的體會，有別於旅遊觀光，他經常接受伊班朋友的邀請到長屋作客。〈飛舟〉寫詩人乘坐好友西蒙所駕駛的輕舟前往目的地的情景，一個「飛」字巧妙地點出這一趟驚險萬分的旅程。舟的行駛以飛快的速度前進，嬌小的舟與周圍宏偉的自然環境呈現對比：

> 在千山萬巒間／在厲風疾雨裡／在洶湧的拉讓江上／逆萬頃狂濤／……／看江畔千年古樹／……／一個巨浪／兀地劈空而下／彷佛要把船兒砸碎／驚回首／長舟／已闖過／亂石灘頭

那是身歷其境的描述，其友人駕駛飛舟技術熟練，才能在驚濤密林中遊行自如，安然度過狂濤駭浪。詩人帶著我們驚險越過進入伊班人居住的週邊環境，頗有李白詩句，「輕舟已過萬重山」之感。

詩人描寫伊班族人接待賓客之隆重，展現他們的傳統文化。〈迎賓〉寫男人們「穿起你那豔麗的圍巾／披上你那威武的獸袍／戴上你那高貴的羽冠／佩起你祖傳的寶刀」，「盛裝的姑娘們已列隊在梯口／身上的銀佩正叮噹作響／看她們手中捧著酒杯／準備迎接客人到來」。這時儀式還未結束，還得「先把長矛戳穿豬兒的喉嚨／再嘗一杯芳醇的杜阿」。經過外部的迎接以後，在長屋裡等候的是「阿拜向你伸出歡迎的手／在溫暖的房間裡／因奈早準備好晚餐

／……／美麗的娜揚啊／為你端出香醇的杜阿……」。詩人所受的禮待，最高酋長天孟公的照顧讓他倍感無微不至，「早餐／他以唐朝的酒樽敬杜阿米酒／中餐／它用宋朝的瓷器盛恩布勞魚／晚餐／他準備了那香噴噴巴里奧米飯／看／美麗的女兒端出了清朝的大花碗」，詩人以豐富的語言，將伊班人的衣著、動作、性情、習俗栩栩如生地展露人情，滿足讀者在視覺和知識上的好奇。

與其他原始部落相同，舞蹈似乎是最能表現一個民族精神特色的管道，上至祭天，下至與客人同歡。詩人的詩句，描述鼓聲敲擊出的音樂揉合身體的律動，共同協奏出原始音律的美感。在加歪節的慶典上，賽鼓就是其中一種文化表演，參賽者「揚起的五指／如雄鷹翱翔在高空／下擊的手掌／如雄鷹向地面俯衝／快擊啊／快擊啊」。另外，在達雅節慶典上，詩人也欣賞了 Ngajat，一種伊班族傳統的武士舞，由身著戰袍的武士表演戰爭或狩獵的動作。短和急促詩句，表現出伊班武士的強壯、威武和善戰的精神，充滿了力度和動感。

吳岸在其異族書寫，流露的是深厚的人文關懷，他欣賞原住民的傳統文化，讚揚他們與大自然和諧相處的生活方式，更欣賞他們與世無爭、尊重大自然的情懷。他平等地跟他們交往，入鄉隨俗尊重他們的習俗文化，跟他們喝酒、一起慶祝節日，完全融入其中。也因為如此，詩人的描述是真實的、生動的、自然的，有別於觀光旅遊的表面印象。

詩人對伊班族的傳說也十分著迷，作為伊班文化的愛好者，詩人也為伊班族一段美麗的愛情故事寫下了〈卡布安省傳說〉。這首詩描寫達揚和雅蘭相愛卻遭到雅蘭父親的拆散，被逼嫁給馬南沙蓋，最後達楊和雅蘭雙雙殉情於河中。詩的開端說「從自白雲繚繞的克林幹山／潺潺的澗溪奔流而下／匯成了迂回湍急的／卡布安省／不論晴天還是雨天／卡布安省濤聲不絕／不論早晨還是黃昏／卡布安省都光彩耀眼」，這是對卡布安省的外觀描繪，但詩人尚覺不足而將所知道的部落傳說套入其中，就使原本普通的情景注入了流動感和生命力，「那日夜嘩嘩的波浪聲／是達揚不絕的呼喚／那晨昏閃爍的光燦／是雅蘭的新娘衣裳……」。詩人充滿激情美麗的描寫，對聲音的描述，漸漸進入故事的中心，雅蘭的美麗和達楊的勇敢，為了愛情，他們最後付出了生命。詩人為讀者展現了史詩般的伊班族的故事傳說，也讓讀者進一步理解伊班人的傳奇。

吳岸的站立本土，寫他生活上的見聞和體會，他站在人文關懷的高度，描寫大地的人們，不分種族，彼此都有美好的嚮往。除了伊班族，他也寫馬來族，他們生活在江邊，樂天友善。〈鵝江浪〉寫「馬來母女／兩手把漿兒／笑吟吟／坐在浪峰上……」〈還鄉——記妻之回鄉〉的老漁夫霍霍大笑，「指著我說道／啊呀呀／你不就是二十多年前／咱們甘榜裡的阿妹？」民族之間的融合，在文字中回盪。

吳岸的詩歌讓我看到多元文化的融合，詩人生於斯長於斯，在傳統文化的根源上，納入大量本土文字，人和物的描寫都顯示了濃烈的本土色彩。文化互相影響也可以在其他族群身上看到。詩人所寫的〈達雅族盲人歌手〉「他唱馬來族情歌／唱族人的民謠／有時也唱英文歌／The End of the World／那天偶然／聽到他唱華語歌曲／

時光悠悠永不會／往事只能回味／唱完一曲／又唱起／月亮代表我的心」，就寫出了馬來西亞多元文化相互影響相互並存的鮮明寫照。

然而，時代變遷，文明進入雨林，人類大量伐木的活動，也引發吳岸的憂慮。他看到曾經是「鬱鬱蒼蒼的原始森林」、「從白雲深處飛落人間的瀑布」，「如今青山已不在／江水已黃濁／泥濘如心臟梗塞／氾濫如血管的爆裂／拉讓江在哭泣／詩人在哭泣」（〈浮木〉）詩人為大地控訴人類的暴行，為了自己的享樂，破壞環境，造成森林消失，動物流離失所，靠森林生活的原住民也被迫離開了他們的家園。

吳岸的《殘損的微笑》記錄了詩人一生的經歷，他的理想、人生觀。他的作品出於寫實，又超出寫實。正如張光達所說，除了對生活的強調，吳岸的詩作在思考的深度與情感的深度雙方面也有不俗的表現。我們閱讀吳岸的作品時，應當從華人南來歷史的背景來考量，以及詩人個人的際遇作為參考，方能理解他超越地域、超越民族的人文關懷。

結語

吳岸的詩歌充滿鄉土和民族之情，對於原鄉熱愛源自所處在的土地所受到的戰爭破壞與殖民地侵略的親身經歷，這是宏觀大環境中所產生的條件。他受到中國文人如艾青、郭沫若等人的文學思想影響。詩人之愛國，是針對自己所站立的土地上，人在哪一方水土，就熱愛該方土地，提倡的是大我的精神，超越國界的世界觀。吳岸抱著不虛假、不唯美的寫作精神，力求做到將真實的馬來西亞本土特色呈現讀者眼前，詩人自認是現實主義流派的詩人，創作取材自現實生活，詩人的作品當中經常流露出濃厚的歷史、生活氣息，任何事物都能如實，自然界的一切事情與物體，詩人都能信手拈來，發揮無窮。

詩人的身份認同體現，首先必定是內在精神思構活動，一是區域認同，一是文化認同。也就是本土的環境認同和原鄉文化的傳承。詩人對故鄉的熱愛，對故鄉的抒寫，抱持著的始終是真誠真摯的心，對祖先的追思和文化的追尋，又是充滿著無限眷念和實踐。這兩種感情看似矛盾，在吳岸的詩歌裡卻又無比融合，可以作為馬來西亞華人在多元認同的進程的最佳寫照。

［2015, 2018］

參與的記憶：
建國中的馬華文學

前言

馬來西亞華人源自中國，文學淵源與中國密不可分。根據馬華文學史家方修的研究，馬華新文學的起點在一九一九年十月初（方修，1986：8-12），乃受中國五四新文化運動影響。早期的馬華寫作人，大部分來自中國，他們和大部分的華人一樣強烈地以中國大陸為依歸。

二〇年代後期及三〇年代初期的馬華文壇，便有文學本地色彩化的認識，寫作人積極參與社會建設，發掘本地題材（同上：16-28）。一九三四年，丘士珍第一次提出「馬來亞文藝」的用語，指出文學應為這個地區服務的觀念（楊松年，1987：3）；一九四二年，日本南侵，華人意識到本土認同的重要性，極力抗日衛馬，文學界提出反映本地色彩的呼籲，同時展開〈僑民文藝與馬華文藝獨特性的論爭〉（方修，1987：27-79）；一九四八年，馬來亞實行緊急法令；一九四九年，中國大陸政權易手，居留下來的華人選擇了與其他民族共同爭取馬來亞的獨立，愛國主義的文學運動也如火如荼地進行（方修，1986：51-52）；一九五七年八月三十一日，馬來亞獨立，馬華作家有了公民權和身分，文學當地語系化的觀念也就確定了下來。

華人群體從對原鄉的依戀，到對馬來西亞國土的認同，經過一段複雜的感情轉換。馬華文學的本土化精神從疏離到親密，許多寫作人在建國初期表現了自己對國家的認同，積極呼籲投入國家建設。他們抱著理想，希望移民的身分得到歸屬，可以在這片國土上完成落葉歸根的終結。「不過，歷史的反諷或弔詭之處也在這裡」（張錦忠，2004：61），從獨立到二〇〇七年的今天，馬來西亞已經五十年，華人感受日漸被邊緣化，對國家政策的失望日深，也促使馬華文學內在的認同感逐漸鬆散，部分作家甚至選擇「離境」，到文化資源比較豐富的國度發展，顯示了馬華文學在建國的過程中坎坷的命運。

華人文化在這個國家一直處於非主流地位，華人參與建國的歷史在有意無意之間，隨著時間一一抹去，留下模糊的印記。幸好，馬華作家一直是社會變遷的見證者，在他們所處於的時代，努力記錄著他們的所見所想。在他們的作品中，我們看到豐富的民族記憶得以保留。本文就建國以來馬華作家在作品中表現的民族關係和政治關注方面作出梳理，探討馬華文學對保留華社記憶的貢獻。

一、社會認同的呼喊，國民團結的理想

原甸在《馬華新詩史初稿（1920-1965）》將馬華戰後的馬華新詩歌史分成：向現實歌（1946-1948）、沉寂的年代（1949-1953）、為獨立而歌（1954-1959）、新時代的激情（1960-1965）。一九五〇年代的馬華作家「一邊高歌獨立，一邊不禁為一種即將到來的新時代而深深動情，當他們想到人民可以當家作主的時代，不禁心曠神怡地對著祖國的山野引吭高歌」（原甸，1987：100-139）。一九六〇年代沿襲五〇年代建國自治的激情，作家在文學作品中為獨立和未來的家園歡快地歌唱，這種讚頌祖國的歌唱，自五〇年代而起，在六〇年代歌唱到沸頂，說明了馬華作家在建國初期積極參與國家建設的心態，在文字中留下了對未來的讚頌。

五〇、六〇年代的馬華作者，對國家的未來抱著樂觀的憧憬，他們在作品裡提倡愛國精神和讚美民族團結。一九五七年馬來西亞宣告獨立時，留下成為公民，還是北歸回去中國，成為華人迫切的抉擇。吳岸的詩歌〈祖國〉作於獨立前夕，描寫兒子送母親北歸的割捨心情，是向這塊土地表白忠誠的一種象徵：

你的祖國曾是我夢裡的天堂，
你一次又一次的要我記住，
哪裡的泥土埋著祖先的枯骨，
我永遠記得——可是母親，再見了！

我的祖國也在向我召喚，

她在我腳下，不在彼岸，

這椰風蕉雨的炎熱的土地呵！

這狂濤衝擊著的陰暗的海島呵！（吳岸，1988：56）

甄供認為吳岸的這首詩，「反映了五〇年代華人社會年輕一代劃時代的思想變革，是吳岸在文學創作上對當時處於萌芽狀態的鄉土觀念與愛國思想大落實」（甄供，2004：20）。詩歌裡母親時時提醒他要記住的「祖國」、「埋著祖宗的枯骨」，也是「夢裡的天堂」，但那是母親的，屬於過去的。而今他聽到他的祖國也在向他呼喚，於是他選擇了自己的鄉土，願自己的骨埋在「我的鄉土裡」，所以他毅然向母親告別：「我永遠記得——可是母親，再見了！」，這是五〇年代作家表達激情的方式，帶著高呼的姿態，直接地抒情。

在那個時代，精神上選擇「永遠記得」母親的叮嚀，軀體卻留在馬來西亞的土地上，要和其他的民族共同去建設國家，是許多馬華作家和華人認為兩全其美的作法，既不忘本（文化），又愛國（國土）。從文學作品中，我們看到建國初期華人對建設國家的期望，對他們來說，讓馬來人文化和政治享有主流的地位以換取公民身分，可以及早達到全民團結的目標。經過五十年之後，面對當前的政治局勢，我們回頭來看這首〈祖國〉，不得不感歎這個痛苦的抉擇，為自己日後埋下了為是否被國家主流群體認同悲哀的伏筆。（林春美、張永修，2004：68-69）

馬來西亞國民由多元種族構成，語言、文化背景和宗教信仰的差異，形成了馬來西亞特有的多元文化社會。建國初期，種族文化進行的融合的同時，也隨時有因文化差異而引發衝突的危機。因此，作家希望「通過描寫華族為爭取馬來亞獨立的奮鬥經歷，表達民族融合的迫切願望，其筆下的小說也理所當然地承擔了『吶喊』的歷史人物」（楊靜，2004：170-171）。一九六〇年，吳岸在〈談砂勞越的文藝事業〉一文說：「文藝工作者應向華人介紹達雅、馬來等族人民的落後生活狀況，介紹他們的文化，他們的友愛精神，以便克服華人的狹隘的民族主義的思想傾向。這樣，在某種程度上，文藝便能為民族大團結貢獻力量」（吳岸，1995：161）。可看出在當時馬華作家理想中，馬來西亞社會是和諧、團結的，各民族生活在和平、友好的氣氛中。

在表現本土描述方面，來自中國的韋暈是那個時期最重要的作家之一，他一生十五種作品集當中，有八種出版於一九五六至一九六二年期間。在他的小說中，經常出現多元文化的背景，華巫印等多族群都被納入敘述視野，他也經常使用福建話和音譯馬來文，因此被譽為最具有強烈的馬來西亞本土意識和的鮮明的地方色彩的南來作家。[1]

馬來西亞各民族完全不分彼此、和諧生活在一起是作家理想中的馬來西亞社會。小說家夢平（馬侖）的作品中一直傳達這種種族

---

[1] 一九九一年，韋暈獲得第二屆馬華文學獎，評委認為他的作品具有強烈的馬來西亞本土意識和的鮮明的地方色彩，是馬華作者的「紮根文學」。韋暈一九一三出生於香港，一九三七南來之後即擺脫僑居意識，積極投入以本地色彩為主的創作生涯。著作有《烏鴉港上的黃昏》（1956）、《還鄉願》（1958）、《都門抄》（1958）、《舊地》（1959）、《淺灘》（1960）、《荊棘叢》（1961）、《春冰集》（1971）、《韋暈小說選》（1986）、《寄泊站》（1986）、《日安，庫斯科》（1991）等。

和諧的資訊，他在作品中歌頌馬來西亞友族的情誼和人性美好的一面，比如〈友誼之花〉（馬侖，1991：48-65）寫異族友情的可貴，淳樸而無他念；〈鐵道人的火花〉寫忠於職守，救了一車旅客的印裔火車閘看守員瑪裡班（馬侖，1976：53-61）；〈歡聚時光〉因重男輕女習俗而被送給馬來人當養女的華人女子在馬來族人中得到愛心等（馬侖，1977：1-7）。陳應德認為夢平是一個有強烈使命感的作家，他將文學創作當成他一生最有意義的工作。實際上建國初期，馬來西亞的種族融合還在磨合當中，並還沒有達到如夢平小說中所描寫那樣的理想狀況（陳應德，1998：162）。但是無論如何，作家總是走在社會前頭，以文筆寄託他們的理想世界。

異族通婚被視為團結國民的途徑之一，也經常成為作家探討的主題。作家在探討種族和諧之道的過程中，也遇到理想難於付諸行動的瓶頸。梁園的〈土地〉描寫黃益伯因兒子亞牛娶馬來姑娘而背負「出賣祖宗」的罪名，受到自己族群鄙視；菊凡的〈叛〉認為異族通婚將重組華人傳統人際關係和心靈秩序，也使到宗親傳統解體；鄭祖的〈半菜番〉以賭徒阿樂為避債而「入贅」原住民「海番」的遭遇而呈現人性弱點等，構成了馬華文學最獨特也最艱難的一種當地語系化進程（黃萬華，2004：40）。馬華作家在異族通婚這一題材上努力地配合國家呼籲團結的政策，在不同的社會群體中探索實踐其可能性，密切聯繫著馬華社會在「種族兩極化」間，對於異族結為親家的可能性。

馬侖的小說《遲開的檳榔花》的寫作背景在獨立初期，講述華人青年黃貴清愛上了原住民族少女瑪莉安，檳榔花是當地華人訂親不可缺少的禮物，象徵他們異族之愛，檳榔花之所以「遲開」，因為他們的愛情最後以分手而結束。語言、文化和宗教的差異、雙方社會相互不理解，成為異族結合的最大障礙。作家安排主人翁放棄了以通婚來完成民族間的互相信賴這條捷徑，他選擇以建設美好國家和社會為先，再以實際行動來改化解種族間的誤解。檳榔花遲開只只因為時機未到。作者在主人翁最後寫給瑪莉安的信中說道：

> 所以，我認為以目前的情況來說，異族間的戀愛和結婚，倒不是種族間最合適的橋樑，而信賴、瞭解、親睦和合作，才是建國興邦的因素。故此，我意識到我倆的愛情不能熱烈發展下去。要嗎？還需若干年後。（馬侖，1975：253）

此篇小說冗長繁瑣，帶有說教的意味，令人看了不免會覺得是在閱讀一本「成年人的童話」（陳應德，1998：163）的感覺。受到建國士氣鼓舞，馬華文壇強調馬華文學創作必須面向本地華人大眾，向華人社會傳播「馬來亞是馬來亞華人的國家」的觀念，深化華人對本土「落地生根」的歸屬感。建國初期，他們為華族參與爭取馬來亞獨立而驕傲，更希望民族之間得到融合諒解，作品中呈現一種高昂的激情。作家的對社會的觀察如今成了歷史的見證，他期待的檳榔樹始終沒有開花，民族間的矛盾也沒有達到信賴、瞭解、親睦和合作。因為若干年後，緊繃的種族關係終於暴發。

二、文學證明存在，歷史借用舞台

馬華作家給我們留下了時代的見證。在華人心目中曾經有過一個理想國的夢想，團結、和諧，他們也嘗試去實現這個夢想。一九六五年新、馬分治後的馬來西亞，其實已經潛伏著民族矛盾尖銳，與華人同樣命運的馬華文學被看作是「移民文學」，排斥在國家文學之外。華人的歷史和華文教育在建國之後沒有得到一視同仁的對待，原已載入憲法的地位的華文受到壓抑，在使用方面受到諸多措施束縛。此外，一九六九年後新經濟政策的實行，更是制約了華人在各領域的發展。

長期以來馬來西亞的華文、華教和中華文化遭受當局的限制、防範、壓制等歧視，馬華文學的發展也面臨種種困境。但是，仍然有相當一部分馬華作家，堅守著這塊土地，將華文寫作看作是保存民族記憶的資源與財富。他們意識到教科書故意忽略華人歷史的真實性，便開始對過去進行反思，將歷史資料保存當成作家的重要任務。

在六〇年代極為活躍的苗秀在他的長篇小說《火浪》說：

> 我曾經不自量力，許下宏願，要把近三十年來，馬來西亞這個殖民地社會的歷史動態刻畫下來，因為我覺得活在這麼一個時代裡，卻讓時代留下一片空白，這是一種罪過。但我要寫的，絕不是單純的歷史記錄。我還要刻畫出那貫串在這些歷史事變中的整個精神世界的洶湧的波瀾；寫出人民的歡樂和痛苦，表現人民的願望。（苗秀，1965：1）

獨立後的馬來西亞，有了國家自己的歷史，有感於華族開拓史卻逐漸在主流教科書中淡去，華族先輩的角色被硬生生被抽出歷史舞台，新一代的公民逐漸失去了華族建國的記憶。馬華作家建國初期的激情，轉換成對歷史的回顧。他們在作品中追憶華族為馬來亞的開拓、獨立、和建設所作出的犧牲和貢獻，「補敘歷史」成為一部分作者的自覺的追求。在敏感時期，華文作家只能採取迂回曲折的敘事策略，試圖為華人的不公平生存境遇悄然吶喊，作品充滿了「被歷史和現實拋棄的孤兒般的心酸」，他們尋找過去，正是為了找回被拋棄尊嚴（楊靜，2004：173）。然而，重溫過去的尊嚴之後，回到現實，又讓他們陷入極度的失望和沉重。

黃崖〈煤炭山風雲〉載於一九六七年一月第一七一期《蕉風》，作者採取回溯的視角，讓主人公回到二十多年前（1941）的煤炭山抗日的現場，經過不再喧嘩熱鬧的街市，作者如此描述內心的感傷：

> 崇華小學校就在前面，他的圍牆的粉堊差不多剝落了。我望一望門楣上的校名，一股熱淚湧出眼眶，我連忙移動腳步向前走。
>
> 左邊路旁的聖米高教堂像個龍鍾的老者，牆上爬滿黑色和綠色的苔蘚，鏡樓無精打采地站在空中似有無數的委屈要申訴。（黃崖，1967/1/1）

在馬來西亞落地生根的華族，已把自己當作國家主人公，他們對國家有深刻的認同感，侵略者壓境時，他們挺身而出捍衛國土的安危，為了國家獨立，他們也付出了性命。然而，國家建立起來後，他們卻被排斥在國家主流之外，被視為外來移民，忠誠度時常受到置疑。作者帶著感歎回到二十年前轟轟烈烈的抗日現場，一方面哀悼掉失的歷史，同時也在尋找民族記憶，進行對歷史的沉澱思考。

一九六九年「五一三事件」之後的七〇年代，國內外局勢的變化對馬華作家衝擊很大。當時政治氛圍緊張，言論氣候不利傳統寫實的馬華文學。凡是涉及種族、宗教、文化、教育的課題歸為「敏感」，不可公開討論，報章也不刊登此類文章。許多在前期活躍的作家，為免觸及言論敏感界線，有的索性封筆不寫，整個文壇士氣萎靡。（孟沙，1991：26）反映現實的馬華文壇傳統在很長的時間內沉寂下來，基本上七〇年代，是寫實作家的歉收期。另一方面，這個時期卻是現代主義適時發展的良機。這段時期的作品「多屬心靈獨白，是一種裡藏的潛在表現」（李憶君，2001：8），主要描述個人對生存意義的思考、感受生命的無力感等苦悶心理的狀態。

對於這個時期的文壇，也出現一些反抗的聲音[2]。一九七八年五月出版的《鼓陣》（鼓手文藝 2），有篇署名覃子所寫的〈知識分子與過敏症〉，批評當時的文化人對時事過敏，大家太過擔心觸及敏感的界線，形同「龜縮」，報章上看不到關心時事、揭露社會偏差的文章（覃子，1987：38-40）。覃子的言論說出了整個時代的氣候，從寫作者到報館雜誌的決策人，都受制在「不可觸及敏感問題」的法令下。為了安全起見，大家只好自我設限，避開地雷。文壇氣氛如同社會一樣，沉悶壓抑。種種不利華社的事件發生，使華族獻身國家的熱忱，連接受到挫折。原本是充滿希望的激情，也因為再三的失望而退縮，繼而沮喪。馬來西亞華人的歸屬感在七〇年代開始削弱。

如果說七〇年代的馬華作者是無奈臣服在「不可觸及敏感課題」

---

2 鼓手文藝成員子凡、葉嘯、潘友來、川草等，在七〇年代低迷的傳作風氣中，鼓手們嘗試敲出積極剛健的聲音。

的條文底下，那麼八〇年代的作者是不甘於臣服的。八〇年代是大馬華社憂患意識特強的時代，無論是政治、經濟、教育或文化，華人在這個國家的權益如江河日下，母語教育和捍衛中華文化的堡壘一一倒下。限制使用華文招牌事件、捕捉政敵的茅草行動、政府機構行政行種族偏差等，一再發生，使華社充滿了頹傷黯然的情緒。

這個時期的馬華作者開始以知識分子的勇氣和成熟的文學修養，去挑戰「時事敏感」的極限。他們深切地體會到國家結構和政策上種種的變化，在他們的作品中也出現了各種各樣的社會面貌和國民心聲。八〇年代的馬華作家在受到國際民主思潮的衝擊，又經歷國內華族屢遭政治上的困境，到了八〇年代後期開始嚴峻地反思民族在這個國家的命運。從這一時期的馬華作品中，也反映出了這一時期人們特有的省思。他們依舊保持關注社會發展的傳統，關心馬來西亞華人生存環境和文化傳承，他們要用筆尖留下時代的聲音，他們也的確給時代留下了聲音。

這期間的作者具有淑世的關懷，他們為不公平現象而憤怒，也為不斷喪失的民族權益和文化傳承感到憂慮。這些作家關心民族處境、國家的命運，他們的文化使命感非常強烈，形成八〇年代馬華文學作品中獨特的憂患意識（溫任平，1992：5-6）。處於多變的年代，他們以沉痛的情感、低沉的語調敘述族人當前狀況，表達內心憂慮如焚、心痛如絞的感覺。八〇年代的小說、散文或是詩歌，都表現出強烈的時代感。

面對社會上種種不平等的現象，也有很多年輕一代的華人，強忍著不滿，消極地面對政府行政上的偏差。通過文學表達對於民族

命運和個體存在價值的憂患意識，是當時許多馬華小說的共同特點。（馬相武，1998：13）

雅波的小說處處透露出華人在當時環境的憤恨，他在小說〈在臀部雕龍的人〉，通過按摩女郎講述一位臀部雕有龍紋的客人的故事，臀部雕有龍象徵龍族躲在屁股上苟且偷生。客人說等大家翻了身，他要把龍雕在寬闊怒張的胸膛上。不久之後，按摩女郎看到客人在臀部另一邊多雕上一個大大烏黑的「忍」字，把華人忍的哲學諷刺得體無完膚（雅波，1988：22）。〈焚燒一卡車的憤怒〉主角高國仁對執法人員不公平的執法態度感到忍無可忍，連續焚燒執法人員的車輛，最後在一次行動中，被發現而投身火堆中燒死（雅波，1987：11）。因行政偏差而憤怒的，華社中不只是高國仁一個，面對就業、經濟、文化危機的也是全體華人，特別是受過教育的年輕人，受到衝擊也特別強烈。

華人的忍，並沒有使他們苦盡甘來，反而加強當政者的一意孤行。小黑是八〇年代出色的作家之一，他以熟練的文學技巧，書寫當時的時事動態，小說〈前夕〉透過一個女大學生的敘述，描寫一個家族裡面幾個成員參加競選的情形。二哥、三哥參加不同黨派，代表不同的政治立場。在這篇小說裡頭，作者探討了種族和諧和華人地位問題。中選的一方是不是就是真的勝利？在種族主義與宗教極端主義的壓力下，在朝的華人議員會不會只能像反對黨那樣作出無力的吶喊，或最終也向當政者妥協呢？（小黑，1987/6/2-3）作者也無法給予答案，只能在文字中留下許多沒有答案的置疑。

八〇年代走上文壇的馬華作家大部分土生土長，自小接受馬來西亞國民教育，早已認同自己是馬來西亞公民的身分。國民色彩濃厚的教科書培養出認同馬來西亞、愛國的新一代，也讓他們更明白國家憲法賦予他們的權益。當政者一再重提華人為「外來移民」的課題，極大傷害了華人的感受。每一次華社對自己權益的爭取，都被執政者指責為「置疑土著的合法權益」，並把挑起種族緊張的罪名強加在其他種族身上。八○年代的馬華作家不像先輩那樣默默承受外來移民的「原罪」指責，也不再聽信空洞的政治承諾，他們直接在作品中表現他們的憤怒、焦慮、與失望，他們問：「我們只是爭取在憲法保障下的權益，為什麼馬來人要生氣？」從對政策的失望到對國家的懷疑，人們開始質問：「祖國啊祖國，我愛你，你會愛我嗎？」（小黑，2000：565）反映了華人族群在國民身分遭受排斥、權益受到剝削之後產生的困惑與茫然，這些大膽向官方話語霸權的譴責，已經不是任何法令可以壓制的了。

三、文學反映憂患，作家悲憤問政

建國時日越久，官方的歷史越厚重，執政那方的歷史也越輝煌，而原本在馬來西亞發展史上占重要地位的華族歷史，在每一階段的官方課本重寫中公然蒸發，華人歷史在教科書中「餓得瘦瘦」的，連半頁也寫不滿（陳大為，2000：176-178）。錯過了教科書這個舞台，華人功績也淹沒在漫漫歲月中，取而代之是理直氣壯的主導者之聲，讓華人長久陷入「外來移民」與「土地之子」分享公民權益的爭執中，顯得格外的理虧和無力。

對於外來移民的「原罪論」，在種族情緒高漲的一九八六年四月，方昂給自己寫了一首詩〈給 HCK〉，寫得傷心痛絕，讀來令人潸然淚下。一九八七年，台灣詩人林煥彰訪馬，在美馬高原朗誦此詩也淚灑講堂，哽咽不已[3]。此詩如下：

（之一）

又有人說我們是移民了
說我們仍然
念念另一塊土地
說我們仍然
私藏另一條臍帶
這是一個風雨如晦的年代
該不該我們都問自己
究竟我們愛不愛這塊土地
還是我們去問問他們
如果土地不承認她的兒女，如何傾注心中的愛？

（之二）

說我們是中國人，我們不是
說我們是支那人，我們不是
說我們是馬來西亞人，誰說我們是
說我們是華人，那一國的國民

[3] 方昂原名方崇僑，方北方的次子，在馬來西亞出生，HCK 是他英文姓名的簡寫。

> 我們擁有最滄桑的過去
>
> 　　與最荒涼的未來。（方昂，1990：56）

在國家認同上，華人在獨立後把馬來西亞當作自己的國土，卻被排除在主流之外。在華族歷史公然抹去、華人權益節節敗退、種族之間無法對話的年代，馬華作家意識到重構歷史的重要性，只有填補歷史的空白，才能為自己民族定位，於是作家在作品中為民族現況和歷史進行沉痛的反思。這種意識的形成，建立在作家本身對歷史認識的覺醒，而他們代表的卻是族群。他們以小說的方式，表達他們對華人歷史的認識。

雅波〈血肉砌成的太平〉（1990：26-52），寫早期華人移民在馬來亞的土地上征服自然、開荒墾殖的經歷，主要是還原華人移民開拓馬來西亞的歷史真相。作家思考的重點不在如何讚頌移民的奮鬥歷史和對國家的貢獻，而是還在說明不同種族其實是可以和睦共處地一起建設國家，讓國家的歷史和文化更加豐富的理想。然而，這個理想始終不能實現，反而加劇種族間的緊張關係。

活躍於六〇、七〇年代的方北方，出版過以中國為背景的「風雲三部曲」，在一九八〇至一九九四年間，陸續出版了「馬來亞三部曲」，分別是《樹大根深》（1985）、《樹榮葉茂》（又名《頭家門下》1980）、和《花飄果墮》（1994）。從「風雲三部曲」到「馬來亞三部曲」，方北方是這麼說的：

> 如今，我在馬來西亞，前後住了五十七年。從青年步入中年、進入老年；由僑民歸化為公民；使我對這裡的鄉土有了感情，對建國產生熱切的寄望。

> 由於對生活的投入和對寫作的執著，葉希望通過文藝的反映，本著馬來西亞擺脫殖民地政府的統治，與國民獻身建國的善意，把華族參與國土開闢和發展的經過，加於濃縮，以一.《樹大根深》、二.《《樹榮葉茂》、三.《花飄果墜》寫下「根、幹、葉」三部曲，從政治、經濟、文化各方面的發展和演變，表現華人社會的結構以及精神面貌。(方北方，1985：228-229)

方北方有意在錯綜複雜的馬來西亞環境中，為馬來西亞華人書寫奮鬥史。由於涉及資料龐大，處理不易。方北方在《樹大根深》的後記坦誠告訴讀者：「要把這三個獨立的情結，貫穿華族社會，以作者的生活經驗和創作藝術而言，實在太不量力了」(同上，229)，他之所以自告奮勇，處理此類題材，只是像扮演歷史的還原者而已。方北方對於馬來西亞華族發展的歷史評價，主要是作為一個作家對所經歷的時代的個人評價，是在歷史記錄者的缺席下，勉為其難的嘗試。

相比之下，小黑〈十・廿七的文學紀實與其他〉比較成功表達對於民族命運和個體存在價值的憂患意識。〈十・廿七的文學紀實與其他〉是一篇「紀實」作品，他要再現的是一九八七年十月廿七日大馬社會所爆發的一個政治大逮捕時間(「茅草行動」)，是小黑這時期寫得最真實，又最虛構的一篇短篇(陳鵬翔，2001：294)，寫一個華族知識分子漢生在「華小高職事件」中的鬥爭言行和後來離奇失蹤的故事。作者採用第一人稱敘事，以倒敘與插敘方式鋪開故事情節，引用了十多篇文章，包括小說、詩歌、雜文、新聞、時評、文化評論、座談會記錄與講演稿等[4]，拼貼出整件事情的真相。作者透過不同類型的文章在故事中穿插、纏繞和類比，強烈作為對政治環境的反抗。小說聚焦於與這次事件有關的文學材料，剪輯再現了當時馬來西亞社會彌漫著那種恐懼、不安、迷惘、狐疑、彷徨、緊張、戒備、焦慮、警惕，以及躲避危險、逃離死亡的氛圍，充分製造了一種「眾聲喧嘩」的藝術效果，以此來批判執政者施政的失當。（蕭成，2004：140）作家以沉痛的心情，用現實中這種離奇現象重構了歷史的某種真實，一個不能搬上歷史舞台的真實。小說揭露了華麗的官方文章背後沉痛的歷史真相。

經歷了「五一三」種族暴亂後，凡是觸到民族權益的文學作品都被看成是「敏感問題」，八〇年代以後部分作家在經歷社會不公平的種種現象後，用各種現代的方式去解讀過去的歷史，痛定思痛剖析華人在新社會面臨重重壓力的歷史成因。在這方面，梁放的小說〈鋅片屋頂上的月光〉、〈一屏錦重重的牽牛花〉、雨川〈埋葬了的鮮花〉、商晚筠的〈暴風眼〉、駝鈴的〈硝煙散盡時〉、李永平〈黑鴉與太陽〉等小說就是涉足馬共的歷史，他們用不同的手法表達了他們對馬共歷史、種族衝突這樣一些歷史「禁區」的反思。

八〇年代，是馬華作家探尋「身分認同」危機的創作傾向。一九七一年官方提倡國家文化後，華文文學作為非馬來文文學，被置

---

[4] 小說引用的文本有小黑本身的〈前夕〉、〈愛是互相記起〉、〈道理不是那人說的〉，何乃建詩〈中秋——致國大一群同學〉、雜文〈三十年〉，方昂詩〈給 HCK〉，傅承得詩〈濠雨歲月〉、〈山雨欲來〉、〈驚魂〉等。小說完成於一九八八年，由於內容敏感，輾轉於報刊雜誌間經年，才得於一九九〇年發表。

於「國家文學」的範圍之外。日本馬華文學研究者舛谷銳在觀察馬華文學和國家文學的關係中，認為馬華文學之所以被國家文學邊緣化，乃是「華人假想出馬來文文學即等於國家文學這個模式，並拒絕接受它。這反映了優待馬來人主流的新經濟政策之下，非主流和主流的兩極化狀況」（舛谷銳，2004：29-31）。馬華文學與國家文學的接納與拒絕的矛盾問題，一如華人的身分與國民身分的問題那樣受到關注。毅修的〈侵蝕〉、〈候鳥高飛時〉，張永慶的〈夜啊，長長的夜〉、柏一的〈棄禮〉和〈水仙花之約〉都不可避免地談到「身分困惑」問題，年輕一代作家們感到自己的生命和馬來西亞國土地密不可分，同時又感受到這塊土地上的政權不滿意他們堅持的華人身分。

八〇年代的文壇，是六〇年代出生的作者天下。許多作者進入大專院校繼續學業，他們備有深厚的文化根基和文學素養，對於國家教育的弊病和政策偏差，深有體會。處於風起雲湧時代的大專生作者，他們關心民族處境、國家命運，渴望在思考中找到出路。這種從個人的感知，引發出來對民族前途、文化危機、社會現象關心的感情，是八〇年代馬華文學作品中特有的憂患意識（潘碧華，1998：235-236）。這時期的校園文學作者落筆時經常帶出文化、民族的思考，如陳湘琳在〈有一種聲音〉中，回顧和正視祖先的歷史：

> 他們說音樂是一個浩瀚無垠的空間，不輟的心志卻是一種電流，可以一寸一寸的流過、穿過、越過歷史的距離，把空間充實豐富起來。（那麼我們是不是也可以文化、以關懷、以及對祖國的大愛，一寸一寸的收拾我們散落零碎的舊山河

呢？）

有一種聲音就是這樣響起來的，老師。在走路的時候，在一大群朋友爭論著不願輕易放棄的時候想起來。也許不怎樣鏗鏘，但卻是清清晰晰的。像您呵，老師，像你訴說我們的先輩們，怎樣願意以生命和血汗，做上一代的見證——我們亦望，我們會是這一代的聲音——可以是古箏，可以是二胡，可以高山流水，或者也可以躍馬奔騰。（陳湘琳，1989：93）

八〇年代的大專作者多受港台現代文學的影響，在文字的掌握和意象的處理日漸成熟，許多不能明言直指的敏感問題，便以含蓄象徵的方式表達。「歷史」、「文化」、「祖國」、「山河」、「先輩」、「血汗」、「見證」等，都是常用的字眼，在這些作品中，內容血淚交加，訴盡族人的悲憤，表明那一代的華裔子弟渴望受到國家承認和落地生根的願望。

另一方面，他們也關心民主自由、種族和諧，做一個真正的馬來西亞人，禤素萊的〈沉吟至今〉便是要傳達這樣的資訊。作者在文章中以激烈的感情，吶喊著身為馬來西亞人卻不受到承認的憤怒，她質問種種不利華人文化的政策。當外國人問她是否為中國的六四慘劇傷心時，她說她「默默的看著面前舉標語而過的人群，感情失落在不知的方向」，然後她「再此、一字一句地答：「我不是中國人！」（禤素萊，1994：24）。

那是馬來西亞華人對馬來西亞當權者的咆哮，也是一種無可奈何的悲憤。

四、批評時事的先鋒，調侃政治的遊戲

八〇年代中期，留台回國的傅承得、陳強華，聯合游川、小曼、方昂等，以現代詩的技巧挑戰現實敏感的限度。他們抒寫個人情懷之餘，也記錄了那個時代的政治課題，他們寫他們的失望、悲憤，也奮發、批判和參與。

傅承得回馬後最大的創舉，是把他的第二本詩集《趕在風雨之前》標籤為「政治抒情詩」，在馬華文學發展史上，這樣一種文類的出現顯然具有各種指標意義（陳鵬翔，2004：11）。作者在卷首詩〈為的，是把它交付未來〉，說出他作為詩人的使命：

> 月如，我會用我的一生
> 和著淚，經歷與悼祭歷史
> 憂傷，會盤踞每一管血脈
> 但並非絕望，我知道
> 因為別人的呻吟中，我在
> 別人的憤恚裡，我也在
>
> 月如，我會用我的健筆
> 連著心，記錄與珍藏歷史
> 為的，是把它交給未來
> 五色混蒙的如今，不見天亮
> 五音雜亂，不聞正雅
> 未來，說不定黑白分明

聲調鏗鏘；說不定

會有一丁點信心

是啊，月如，就算不多

我們總得留下，連同

一些不滿的文字

以及抗拒的疤痕

讓後代，學習、記取，和警惕（傅承得，1998：4-5）

《趕在風雨前夕》收詩四十九首，第一輯的十首詩以八〇年代中、後期所發生的一連串政治事件為主題或背景，傅承得關注國家發展、族群和諧，有強烈的家國意識。他的〈山雨欲來〉、〈濛雨歲月〉、〈驚魂〉記錄「十•廿七」種族衝突事件，他以借古諷今、日記體紀事、風雨意象等方式，批判當時的社會現象，寫出了八〇年代知識分子的悲哀和憤怒，具有歷史意義。（劉育龍，2003：114）

步入九〇年代以後，馬來西亞政府對中國和華人社會的政策有了改變，華人文化有了比較寬闊的發展空間。政府察覺，經濟效益明顯比壓制更容易沖淡華人的民族意識。隨著國內政治氣候的轉變，經濟好轉，九〇年代的華社，憂患漸減，悲憤日淡，取而代之的是講求個人前途和經濟物質的保障。對於這個現象，當時還是馬大學生的劉敬文說：

紅塵的繚亂因為對社會、文化的體會愈深而擴大，續而覺得肩膀的無力和軟弱。在高談闊論中，我們皆感功利氣息充塞如黃沙漠漠，而眾人皆沉睡在狂流洶湧中。雲開之前，我們雖有信心，但恐懼並未遠離。還好我們還能執筆，低回心頭

的鬱結，勝於把荒涼困罩心頭，裝聾作啞，無疾而終。（劉敬文，1991：59）

經濟有了成效，相對的長久壓在馬華作家心頭上的華教問題、施政偏差問題，到了九○年代還不見解決。在眾聲歌功頌德的時代，作家仍然保持警惕的姿態，不為眼前的好景而自我陶醉。他們清醒地瞭解到族人陷入重經濟輕人文的觀念，在不久的將來，將會引發另一次的文化危機或政治危機。

九○年代時政治詩的時代。報章副刊縮小，文學作品發表園地減少，只剩占篇幅較少的詩歌得以蓬勃發展。九○年代的詩人對於政治的關注比八○年代有過之而不及。八○年代的詩人對現實感到悲憤和失望，卻始終沒有放棄對國家的希望。九○年代的詩人表現得內斂，他們以嬉笑揶揄，企圖以文字來「消遣」政治。九○年代全力以政治入詩並結集成書的是鄭雲城的《那一場政治演說》（1997）。鄭雲城的冷靜、抽離和八○年代詩人的熱切投入強烈的對比，他對政治的複雜性、種種虛實難分的表象以及「權宜」手段有更深一層的體會（劉育龍，2003：113-114）。不衝動對政治局勢和未來發展的態度表態，也表現出新一代華裔知識分子的理智和成熟的一面。

在國民效忠問題方面，九○年代的馬華詩人對本身的認同不獲他人認定之事，也顯格外的冷靜，表現得更具有藝術性。林春美、張永修在〈從「動地吟」看馬華詩人的身分認同〉中，舉周若鵬〈回家的理由——從美回來，答友問〉和〈回家的理由——從美回來，答友問〉（變奏版）來說明詩人對現代社會政治共同體中身分之內容與意義思考積極參與的「公民性」，而不再如前人般僅止於期待一種形式身分（公民）的被認同／被賦予（林春美、張永修，2004：64）。以下是這兩首詩的對照：

〈回家的理由〉

因為我在此發芽
當年的山林
青蔥不改
因為我在此紮根
結實的土地
廣厚如初

因為我在此成長
滿程陽光雨露
從未離開

因為我決定
在此倒下
滋養下一代的
新芽

〈回家的理由〉（變奏版）

因為我在此發芽
風中騷動的山林
正臨利斧電鋸

因為我在此紮根
層次分明的土地
依舊色澤不勻

因為我在此成長
烏雲昧日驚雷暴雨
仍然來襲

因為我決定
再次倒下
滋養下一代的
新芽（周若鵬，1999：77）

詩人從海外留學或回來，回來之前的想像和回來之後的醒悟，對於國土的認識有了不同的態度。詩人最後的選擇依舊是回家，但是對國家現實的正面審視卻標示此前純粹的家國感性已昇華化為成熟冷靜的心智。詩人清楚看到國家政治體制的偏失，選擇回流逆境，正體現了詩人表現了較前人深刻的知覺力。

比起過去他們的前輩，八〇年代到九〇年代受過大專教育的作者，在文化和身分認同方面多了選擇，他們的態度也從爭取到冷靜看待。他們把文學和政治的「成分」調配得恰到好處，克服了顧此失彼的難題，使得詩作煥發動人的神采。

八〇年代的政治調侃，林若隱（林慧娟）的〈貓住在五十七條通的巷子裡〉是一篇戲謔又巧妙躲過敏感的地雷：

貓——

從神話到傳說到傳統

說到老鼠已經和悅許多

只要橋樑仍好好的

牆未破洞

偷吃一點點算什麼

一點點囂張算什麼

貓——剛要盹下又驚醒於風

於午夜的無所事事

一牆過一牆，追逐原是公道的

無聲無息，一牆過一牆

In this neighbourhood

謠傳跑得遠

日子過得慢

貓——住在五十七條通的

巷子裡

那年的慶典

開得轟轟烈烈

那年的木槿花

那年的夜（林慧娟，1989：80）

這首詩的題目「貓住在五十七條[5]通的巷子裡」本身就是一種調侃。帶有象徵意義的「貓」和「鼠」至今還在「五十七通」的「巷子裡」玩著不知誰追誰的遊戲。這麼多年過去了，貓依舊是貓，鼠依舊是鼠，雙方的關係依舊沒有改變，仍然繼續在權益中追逐不休，誰也不是贏家。這麼形象的比喻，讓我們處在幾十年後，還是感到無比震撼和無奈。

〈貓〉的最後一節，提醒我們當年的獨立宣言，國民對國土認同、慶典的熱鬧，象徵著過去增經有過的輝煌。如今，再熱鬧的氣氛都掩蓋不了內部的空洞和虛假。

另外一個必須介紹的詩人呂育陶，也有精彩的表現。他善於用虛擬的寓言方式映射政治。他的代表作〈在我萬能想像的王國〉，是一首長詩，此詩共有六節，一百五十八行，全面映射馬來西亞特定的政治現象，諷刺中不失沉痛，調侃中不失深刻。摘錄第一和第二節數段如下：

〈國王考〉

國王在與城隔音的皇宮

旋轉思想的顏色筆

為大人和小孩設計一套同樣髮型與公民課本

為城制定全部的

遊戲規則

並且下令禁止一切

---

[5] 暗指馬來西亞在一九五七年獨立。

市場另行提倡的新競賽規則

為了回應消費潮流
國王在晚間新聞宣佈
「可以入口鋼筆一千種
只要全用來歌頌和風。」

每一天，國王旋轉
思想的顏色筆
新聞自由配給率等於
記者寫稿手臂彎曲度加挺胸度
乘以版位面積
憂慮著國民健康教育課文內容的國王
唯有開除放映機內
和拳頭、嘴唇或衛兵貪污等
有關的風景
「為了，正義
為了愛
劇本必須與現實
無關。」

國慶日
駕馳想像的魔氈

我潛入國王想像國度
看見遊行中的兒童
各自被分配一個背袋
用來裝載促使他們長大的敵意

穿過眼淚的夢境
我看見萎縮成夕陽的老人
在他公民了三十年的國土
用仍是紅色身分證上的眼睛
鄉愁著錄影帶裡
神州的山山水水
時而咳嗽
——歸不去的江南岸及
望不穿的公民權
都成胸中一口三十年咳不出的濃痰（呂育陶，1999：3-13）

黑暗的政治和國家不公平的政策在詩人筆下一一現形。想像國度裡的國王幾十年來進行可笑的同化工作，要他的子民統一思想、行為。另一方面，受到壓制的悶氣緊緊壓抑著族人的心靈。詩人魔幻般的筆調，緊扣著時事的脈搏，讓我們看到文字背後人們的憤怒和現實的荒謬。

八〇年代末至九〇年的詩人，採用更多的文學技巧和政治進行辯證對話，他們避免了過度的激情，憑著敏銳的觀察力，理智又帶調侃的態度去書寫政治、反省政治，也有了更成熟的表達方式。

結語

一九九九年，何國忠在南方學院的「馬華文學國際學術研討會上」探討馬華文學的身分問題，他認為馬華文學和國家文學的關係，就如馬來西亞華人在文化取向和政治認同那樣，有著千絲萬縷的關係，既可以相容又必然對立。對於馬華文化、政治發展的諸多不滿一直是許多作者處理的題材，馬華作家把自己想像成某種民眾代言人的話，於文學表現上落入神話式的意識形態幻想裡。（何國忠，2003：418-438）

回首獨立後的馬華文學發展和作家的創作理念，的確和馬來西亞的政治現況緊緊相扣。由於馬來西亞特殊的華文教育，馬華文學的論述者往往就是文學的書寫者，在討論馬華文學的特性時，不免將自己本身的文學觀點放到他人的文學作品來評論，而馬華作家也太多在乎論述者的評價，以至馬華文學的課題爭論不休，反而忘了創作優秀文學作品的任務。

馬華文學來到二十世紀，我們慶幸看到新一代作家從「文學服務社會」的負擔走了出來，他們的對文學創作有了更深刻的認識。他們一方面回顧過去，為自己的先輩填補失去的歷史，一方面放眼未來，為自己尋找廣闊的空間，讓自己的文學生命走得更久更遠。我們相信未來的馬華作品，不會再刻意為反映現實而作，而自有現實的精神，為我們的民族留下珍貴的歷史記憶。

参引文獻：

小　黑 1987/6/2-3，《前夕》，《南洋商報・小說天地》。

小　黑 1990，〈十・廿七的文學紀實與其他〉，陳大為、鍾怡雯編《赤道形聲》，pp.558-582。

方北方 1985，《樹大根深》，吉隆坡：鐵山泥出版有限公司。

方　昂 1990，〈給 HCK〉，《鳥權》，吉隆坡：千秋事業社，p.56。

方　修 1986，《新馬文學史論集》，香港：香港三聯書店分店聯合新加坡文學書屋出版。

方　修 1987，《戰後馬華文學史初稿》，吉隆坡：馬來西亞華校董事聯合會總會。

舛谷鋭 2004，〈馬華文學與國家文學〉，黃萬華、戴小華主編《全球語境・多元對話・馬華文學》，pp.28-31。

何國忠 2001，〈馬華文學：政治和文化語境下的變奏〉，許文榮主編《回首八十載，走向新世紀》，pp.418-438。

吳　岸 1988，〈祖國〉，《盾上的詩篇》，吉隆坡：南風出版社，pp.55-57。

吳　岸 1995，〈談砂勞越的文藝事業〉，《90 年代馬華文學展望》，古晉：砂勞越華文作家協會，pp.149-163。

呂育陶 1999，《在我萬能的想像王國》，吉隆坡：千秋事業社。

李憶君 2001，〈導言〉，《馬華文學大系・短篇小說一（1965-1980）》，吉隆坡：彩虹出版有限公司、馬來西亞華人作家協會，ppIV-XI。

周若鵬 1999，〈回家的理由〉，《吻印與刀痕》，吉隆坡：千秋事業社，p.77。

孟　沙 1991，〈馬華小說沿革鑑橫談〉，戴小華、柯金德主編《馬華文學七十周年的回顧與前瞻》，吉隆坡：馬來西亞華人作家協會，pp.7-33。

林春美、張永修 2004，〈從「動地吟」看馬華詩人的身分認同〉，黃萬華、戴小華主編《全球語境・多元對話・馬華文學》，濟南：山東文藝出版社，pp.64-78。

林若隱 1989，〈貓住在五十七條通的巷子裡〉，《掀一個浪頭》（第三屆全國大專文學獎專輯），喬治市：理大華文學會，p.80。

苗　秀 1965，《火浪》，新加坡：青年書局。

原　甸 1987，《馬華新詩史初稿（1920-1965）》，香港：香港三聯書店分店聯合新加坡文學書屋出版。

馬　侖 1971，〈友誼之花〉，《城鄉迴旋曲》，新加坡：新亞出版社，pp.48-65。

馬　侖 1975，《遲開的檳榔花》，麻坡：今天出版企業。

馬　侖 1976，〈鐵道上的火花〉，《不碎的浪花》，笨珍：文賦書局，pp.53-61。

馬　侖 1977，〈歡聚時光〉，《貝殼之歌》，笨珍：華商報，pp.1-7。

馬相武 1998，〈當代馬華小說的主體建構〉，戴小華、尤卓韜主編《紮根本土・面向世界》，pp.12-42。

張錦忠 2004，〈離散與流動：從馬華文學到新興馬華文學〉，張錦忠編《重寫馬華文學史論文集》，南投：國立暨南國際大學東南亞研究中心，pp.55-67。

陳大為 2000，〈在南洋〉，陳大為、鍾怡雯編《赤道形聲》，台北：萬卷樓，pp.176-178。

陳湘琳 1989，〈有一種聲音〉，《飛向九十年代》，吉隆坡：吉隆坡暨雪蘭莪總商會，1989，pp.92-93。

陳應德 1998，〈夢平小說研究〉，戴小華、尤卓韜主編《紮根本土・面向世界》（第一屆馬華文學國際學術研討會論文集），吉隆坡：馬來西亞華文作家協會、馬來亞大學中文系畢業生協會，pp.154-168。

陳鵬翔 2001，〈論小黑小說書寫的軌跡〉，許文榮主編《回首八十載，走向新世紀——99 年馬華文學國際學術研討會論文集》，柔佛巴魯：南方學院，pp.285-305。

陳鵬翔 2004，〈獨立後馬華文學史概述〉，黃萬華、戴小華主編《全球語境・多元對話・馬華文學》，pp.3-13。

傅承得 1988，《趕在風雨前夕》，吉隆坡：白屋書坊。

覃　子 1987，〈知識分子與過敏症〉，《鼓陣》（鼓手文藝 2），八打靈：鼓手文藝，pp.38-40。

雅　波 1987，《焚燒一卡車的憤怒》，太平：閃亮出版社。

雅　波 1988，《藍天，逐漸褪色》，太平：閃亮出版社。

雅　波 1995，《血肉砌成的太平》，太平：閃亮出版社，pp.26-52。

黃　崖 1967/1/1，〈煤炭山風雲〉，《蕉風》171 期。

黃萬華 2004，〈馬華文學 80 年的歷史輪廓〉，黃萬華、戴小華主編《全球語境・多元對話・馬華文學》，pp.32-63。

楊松年 1987，〈從新馬華文文學看當時的華人社會〉，《馬華文學座談會》論文，吉隆坡：馬大中文系。

楊　靜 2004，〈馬華中長篇小說 30 年（1965-1996）略論〉，黃萬華、戴小華主編《全球語境・多元對話・馬華文學》，pp.169-184。

溫任平 1992，〈懷念一個江湖的游離和溫馨〉，祝家華《熙攘在人間》，吉隆坡：十方出版社，pp.4-7。

甄　供 2004，《生命的延續——吳岸及其作品研究》，加影：新紀元學院學術研究中心出版。

劉育龍 2003，《在權威與偏見之間》，吉隆坡：大馬福聯會暨學福建公會。

劉敬文 1991，〈絮語二則〉，《馬大文集‧文學多重奏》，吉隆坡：馬大華文學會，頁 pp.57-59。

潘碧華 1998，〈八十年代校園散文所呈現的憂患意識〉，戴小華、尤卓韜主編《紮根本土‧面向世界》，pp.234-250。

鄭雲城 1997，《那一場政治演說》，吉隆坡：東方企業。

禤素萊 1992，《吉山河水去無聲》，吉隆坡：佳輝出版私人有限公司。

蕭　成 2004，〈歷史的真相可以探究嗎？——淺論近年馬華小說中歷史敘事策略的演變〉，黃萬華、戴小華主編《全球語境‧多元對話‧馬華文學》，pp.139-159。

[2009]

以七〇、八〇年代短篇小說看新馬華人社會的變化

前言

新馬華人從中國移居而來的歷史，相當久遠。十九世紀至二十世紀初期，大量中國人離鄉背井，來到東南亞一帶。他們之中，有純粹是逃離家鄉的窮困和戰爭，也有是被拐騙而來的苦工，也有是因為在國內無法立足的知識分子。他們帶來了家鄉的文化，也帶來了文學，漸漸在東南亞地區落地生根。

第二次世界大戰前的新馬文學和中國局勢分不開，中國發生的變動直接影響新馬文學工作者的心態。中國五四新文化運動，在新馬一帶也引起了共鳴，回應推動起新文學創作。根據馬華文學史家方修的研究，馬華新文學的起點是在一九一九年十月初[1]。從戰前到

[1] 方修《新馬文學史論集》，香港：三聯／新加坡：文學書屋，1986，頁 8-12。

戰後，馬華文學經歷新馬分家，成了新華文學和馬華文學，兩地的作家也有了不同的表現。

新馬是一個多元種族的社會，華、巫、印三大民族及其他少數民族，形成了多元文化的環境。由於文化背景和宗教信仰的不同，各民族的文學表現也有其獨特處。新馬華人源自中國，文學淵源當然和中國有分不開的關係。從當初的離鄉背井不忘故鄉，到對新馬國土的認同，他們經過痛苦的觀念掙扎。東南亞華人對所在地的認同，書寫起來就是一段可歌可泣的海外華人歷史。新馬文學工作者一直是社會的真實記錄者，從他們的作品中，可以看出當地華人社會的心態和生活。

本文根據七〇年代至八〇年代末的短篇小說去探討分家後的新馬華人社會。新馬的文學作品相當豐富，除短篇小說外，也有相當數量的散文、詩歌、雜文、長篇小說等。本文以短篇小說為根據，因為它反映社會的層面較廣，也較深入，而且資料也比較多。以下本文將分別說明新馬文學本地色彩化的進展、七〇年代以後的華人傳統觀念、經濟狀況、教育、政治，以及本土歸屬感的心理演變。

文學本地色彩化的進展

早期的新華寫作人，大部分來自中國，他們強烈地以中國大陸為依歸，只等中國局勢安定或獲得財富後，便要回去故鄉。新馬對他們來說，只是僑居之地，不便久留。這時期的作品，多是懷鄉念國之作，背景也以中國為主，描寫中國人民悲慘命運與對幸福的盼望。同時，流落在新馬的華人，飽受殖民地政府的輕視和壓迫，他們的不幸和奮鬥的生活，也是寫作人所關注的[2]。由於生活的壓迫和環境的限制，很多回不了祖國的，便留在當地。隨著日子流逝，對新馬的感情日增，他們開始關心這個寄居地的前途，以及有了去留的矛盾。

一九二〇年代後期及一九三〇年代初期，便有寫作人提出文學本地色彩化的主張，他們積極地發掘本地題材，批評本地的政治與社會，強烈反抗殖民地統治和對人民的壓迫。殖民地政府驅逐了數名寫作人，迫使文學活動停頓下來[3]。一九三四年，丘士珍第一次提出「馬來亞文藝」的用語，指出文學應為這個地區服務[4]。這個觀念的正式產生，在新馬文學史上具有很大的意義。一九四二年，日本南侵，佔領了馬來亞和新加坡。新馬華人由支持反侵略到親身參與抗戰工作，他們意識到本土認同的重要性，唯有同心協力保衛寄居地，才有機會生存下去。當時的寫作人極力抗日衛馬，文學界提出反映本地色彩的呼籲，與中國南來作家展開「僑民文藝與馬華文藝獨特性的論爭」[5]。

---

[2] 方北方《馬華文學及其他》，香港：三聯書店／新加坡：文學書屋，1986，頁6-8

[3] 方修《新馬文學史論集》，頁 16-28。

[4] 楊松年〈從新馬華文文學看當時的華人社會〉，馬大中文系編《馬華文學座談會》論文，1987，頁 3。

[5] 方修《戰後馬華文學史初稿》，吉隆坡：大馬華校董事聯合會總會，1987，頁27-79。

一九四八年馬來亞實行緊急法令，一九四九年，中國大陸政權易手，居留下來的華人選擇了本地為家園，與其他民族共同爭取馬來亞的獨立。反殖民地的思潮在那時候熾熱異常，愛國主義的文學運動也如火如荼地進行[6]。文學作品中呈現反映本地色彩的傾向，在爭取獨立的當時，華人已經不知不覺中與馬來亞國土融成一體，心甘情願為建設馬來亞國家負上重任。一九五七年八月三十一日，馬來亞獨立，文學當地語系化的觀念已不再有任何爭論，反映本地色彩也是理所當然的趨勢。隨著一九六五年新馬分家，馬華文學形成了馬華文學（馬來西亞）與新華文學（新加坡），雖是如此，文學表現的本地意識並沒有消滅，反而更堅固了。

分別獨立後的新馬，朝向自主進步的目標進軍，新馬寫作人在作品裡，也表現出建設一個民主團結的國家的心願。走進七〇年代，新馬的寫作人泰半是本地出生的公民，中國大陸對他們來說，除了文化根源，其餘的根本就是陌生的國度。他們早已把新馬當成是自己的國家，生於斯、長於斯，也願意死於斯，所寫的也是新馬為背景、新馬華人的心態。

七〇年代開始，新馬華人社會受到外來文化與國內局勢變化的衝擊日深，寫作人深切地體會到社會上種種的變化，各種各樣的材料任他們選擇發揮。同時，他們也吸收了國外的文學觀念與寫作技巧，文學界呈現多姿多彩的局面。在短篇小說方面，很明顯的，其表現手法比以前進步得多，雖然還不能和港、台、大陸相比，但是

---

[6] 方修《新馬文學史論集》，頁 51-52。

所反映的層面，也足夠讓我們看出現今華人社會狀況和心態了。

大家庭的瓦解與孝道的式微

漂洋過海來到新馬的華人，把祖先世代相傳的起居風俗帶了過來。他們在這裡依著故鄉的方式建立起家庭。父親或長子自然而然的便是一家之主，擁有管制家庭成員的權力。新馬建國初期，不管是城市還是鄉下的華人家庭，成員分散的可能性不大，通常是同居在一個屋簷下或毗鄰為居，共同謀求生計、發展園地或經營家庭式小生意。

隨著時代的進步，資訊逐漸發達，縮短了空間的距離。七〇、八〇年代的新馬社會，與其他的第三世界社會一樣，受到西方先進國思潮的凶猛衝擊，傳統的價值觀念起了極大的變化。新馬華人社會的家庭結構，在新時代的潮流當中，明顯地鬆散了。新一代的年輕人，不再死抱著傳統的生活方式，他們有更多的機會接觸更廣大的世界，而深入社會的各層面角落去。最顯著的是鄉下的家庭，子女長大之後，或工作就業關係，或尋求理想，或厭倦鄉下貧困生活，紛紛離開鄉下，遠赴較繁華的地方，就在那裡立業成家，形成自己的小家庭。

華人要求家庭團聚的心理是十分強烈的。他們希望兒子永遠留在身邊，即使是繼承著他們辛苦窮困的生活，也能令他們心滿意足。潘友來的〈兒子〉是寫務農的聯木叔，辛苦一生，從白手到擁有十依格田地，原想留給小兒子繼續耕作，怎知小兒子阿成也想像他的哥哥一樣到城裡去闖天下。在一個下雨天，聯木叔背著一包收成的穀，聽到妻子說阿成跟著大兒子到吉隆坡去了，一時絕望與難過，不支倒下[7]。聯木叔的無奈是時代使然，任誰也擋不住的。已經有很多華人家庭接受了兒女長大之後，出外另組家庭的事實。孩子有良好的職業和美滿的家庭，他們也很高興，只要大節日，特別是農曆新年，攜妻帶子回家團聚也就告慰了。菊凡的〈團圓飯〉正說出了老人家的意願。傅任文夫婦「是三十年前從中國來…….他們倆帶來的傳統之時勤勞、吃苦、忍讓、守己、拜天地、敬鬼神，因而幾十年來他們都過著樸實無華的生活。他的父親在中國是這樣，他來了馬來西亞是這樣，他當然希望孩子們孫子們也會這樣。」[8]結果大兒子如他所願留在家裡，三個兒子都在外地。傅任文歡歡喜喜預備了酒菜，等孩子回來吃團圓飯。等來了二兒子，不適應鄉下的二媳婦卻沒一起到；等到了三兒子，三兒子帶回以英語交談的女友；接著又知小兒子去了泰國不回家過新年，女友是馬來女孩。傅任文心裡不是滋味，也只說了：「這成什麼，一個團圓飯都把持不住……」[9]餐桌上，他破例喝了買給兒子的洋酒，嗆得眼淚激了出來。意味深長，暗示著傳統觀念的消失，以後一家歡喜團圓的情景似乎難再重演了。

時代的進步帶來較舒適的生活，對華人社會結構起了很大的變動。當今的人已經不再像前人那樣，明明白白地道出整個社會狀況，他們採用較高度的文學技巧，通過人物的心裡刻畫，把時代的精神

[7] 潘友來〈兒子〉，《手指》，雪蘭莪：開式傳播企業，1984，頁 6-23。

[8] 菊凡〈團圓飯〉，《落雨的日子》，檳城：棕櫚出版社，1986，頁 117。

[9] 菊凡〈團圓飯〉，頁 19。

面貌勾畫出來。到了今天，老一輩的華人不再固執地強求三代同堂，他們改變了自我為中心，兒女須回來團聚的觀念，也嘗試去遷就兒女的生活。他們習慣了家鄉的生活環境，興致好時，不妨到各兒女家中住上幾天。這種妥協方式意味著傳統家長的權力的沒落。同時的，整個家庭的組織與權力分配也有了改變。在倫理觀念較強的新家庭，年長的父母輩仍有受敬畏的地位。但是在很多年輕華人的心目中，父母已經失去了原有的地位了。也許我們可以同意溫任平說的：「在家庭普遍瘦化的現社會，孝的功能已經弱化褪色」[10]，「孝」一字應該是決定了華人家庭的結構吧！

華人傳統觀念中，有「三代同堂」和「養兒防老」的意願。他們含辛茹苦把兒女養大，無非是希望老年時有所依靠，子孫孝順。然而，等到孩子長大，成家立業後，他們發現到事實並沒有他們想像中圓滿。兒子有了妻兒，彷彿忘了爹娘；媳婦一心向娘家，不把翁婆當父母看待。晚年的淒涼寂寞，又是誰的錯呢？小說家往往把家庭問題歸咎於「不孝」與「代溝」上。家庭的衝突往往是因媳婦而起，好像原上草的〈糕仔婆〉寫的是婆媳之間的成見，婆婆固然要求意見受到尊重，而身為媳婦的也有本身的看法，對丈夫的母親做不到完全順從。當兩代的觀念不能達致共同點時，衝突便發生。糕仔婆對同住的大媳婦不滿意，賭氣到小兒子家去住，以為會受到在城裡長大的小兒媳婦款待，不知小兒媳婦有另一套想法，不能接受

---

[10] 溫任平〈文化交流的重點試探〉，見《第三屆亞華作家會議論文集》，吉隆坡：第三屆亞華作家會議籌委會，1988，頁 117。

糕仔婆的作風。婆媳因生病的孫子起爭執，一言不合大打出手，糕仔婆受傷，決定回到鄉下大兒子家終老[11]。

再如吳登的〈家有一老〉，是寫不孝的兒子與媳婦一鼻孔出氣，無禮地對待曾經為兒子鞠躬盡瘁的母親。母親的節省與關心卻成存心的挑剔和作對。兒子一家瞞著母親偷吃榴連，母親難過而離家出走。兒子並沒有因為母親的失蹤而放在心上，反而是身為母親的惦掛孫子而自動回家[12]。道出了天下父母心。

潘友來的〈兒子的婚禮〉也是說不孝的兒子，娶了董事長女兒便嫌棄寒酸的母親，連婚禮也不讓老媽媽參加[13]。而那些留學外國，娶了洋太太的，更不用期望會和母親住在一起，養老送終了，如蘭玉〈龍飛鳳舞〉裡的莫太太，兒子娶了洋太太，不回來了[14]，說出無數父母的失望，以及兒女的忘恩行為。

從文學工作者的描寫，可以看出新馬華人社會中存在的孝道已經薄弱。但是也不能因此一竹竿打翻整船人，尊老敬賢、孝順父母精神仍然存在大部分華人子弟心中，只是隨著時間日漸淡薄。

---

[11] 原上草〈糕仔婆〉，收入田流編《新馬小說選集》，新加坡：大地出版社，1980，頁 193。

[12] 吳登〈家有一老〉，收入新華作協編《吾土吾民創作選（小說上集）》，新加坡：南洋商報，1982，頁 193。

[13] 潘友來〈兒子的婚禮〉，《手指》，頁 69。

[14] 蘭玉〈龍飛鳳舞〉，收入《吾土吾民創作選（小說下集）》，頁 225。

華人的經濟狀況和擺脫窮困的心理

早期湧入新馬的華人，幾乎都是為了謀求三餐溫飽，他們出賣廉價勞力，忍受惡劣的環境和壓迫。幸運的話，可以擁有自己的田地或從事小本生意。有少部分靠著辛勤和機智，白手起家，成為富甲一方的生意人。田流〈年輕一代〉的古萬林，年輕時是汽車廠學徒，經過努力才成為富賈[15]。這樣的例子相當多，但是，有錢的華人在所有的華人人口中僅僅是占一小撮，大部分華人還是屬於中下階級的。小說家的筆鋒也有觸及豪門階級，卻都是傾向華靡敗落方面。比如上面所提到的〈年輕一代〉古萬林窮人出身，掙得家產萬千，而兒女好逸惡勞，不求上進。梅筠的〈朱老頭〉雖是大老闆，兒子卻不長進[16]。有錢人是仗勢欺人之輩，如詹燕的〈別了，窮鬼〉，依絲德一家，處處透露出勢利無恥的心態[17]。

新馬寫作人多是中下層出身，描寫上層社會的生活也許不夠全面，也不夠詳細。他們所描述的下層階級，能告訴讀者華人的生活實況。新馬華人當中，很多是從事勞力工作的膠工、礦工、農民、漁人、工人之類，就算是經商，也大部分是盈利不多的小型營業。傳統的美德和落地生根的觀念，使他們辛勤工作，以求子女有個安穩的前程。他們付出的勞力並沒有白費，到了今天，新一代的華人就

[15] 田流〈年輕一代〉，收入《新馬小說選集》，頁 52。

[16] 梅筠〈朱老頭〉，收入《新馬小說選集》，頁 221。

[17] 詹燕〈別了，窮鬼〉，收入《新馬小說選集》，頁 269。

靠先輩奠下的基礎，從一貧如洗到擁有產物，從三餐不濟到安適溫飽，從下層階級掙扎到中階級，經過的苦難和付出的犧牲，不是外人可以用三言兩語帶過的。

奔鳴的〈難關〉寫養豬為生的強叔，生活清苦，遇上豬價下跌時，更見艱辛了[18]。頑岩的〈八塊錢的痛苦〉，寫原本務農的阿林被迫搬遷到組屋，他找到一分八塊錢一天的建築工作，發現興建房屋的地方，就是以前的家園。他忍著悲痛，砍伐親手栽種的果樹，含著眼淚看著家園被摧毀，而他不能阻止，只因為他一家的生活還得靠一天八塊錢的工錢[19]。小說家筆下的新馬社會，仍然有很多人生活在苦難中。如丁之屏〈生存〉裡所寫的因窮苦而失學的王至健，受不了生活的煎熬而差點自殺[20]。潘友來的〈回家路〉反映非法屋居民的悲哀命運[21]。

從以上幾篇小說來看，我們可以說任何時代、任何地方都有貧富懸殊的存在，就算是在發達國家，仍然有很多人在貧窮線掙扎。新馬的華人社會也存有貧富相差的現象，富有的占總華人人口中的少數，大部分是中產階級和貧窮階級。新馬的寫作人一向抱著反映現實的精神，努力為歷史和時代注下真是的記錄。方修在〈馬華文學的主流——現實主義的發展〉中提到新馬文學從開始到現在都是

---

[18] 奔鳴〈難關〉，收入《吾土吾民創作選（小說下集）》，頁 31。

[19] 頑岩〈八塊錢的痛苦〉，收入《吾土吾民創作選（小說下集）》，頁 107。

[20] 丁之屏〈生存〉，收入《新馬小說選》，頁 65。

[21] 潘友來〈回家路〉，《手指》，頁 86。

朝向現實主義發展[22]。我們姑且不論現實主義在新馬文學史上達到的成就，但無可否認的，新馬寫作人給予勞苦大眾的關注之多是令人欽佩的。他們同情勞苦大眾的遭遇，也批評欺壓者的暴行。同時，他們也探討社會各階層人物的心理變化和意願。

擺脫現有的生活局限是每個人都渴望的。貧窮的新馬華人更是想改善他們的生活，而現實的社會裡，並不是說勤勞與節儉便能過著舒適的生活，反而做牛做馬也改變不了苦難的命運。他們之中有小販、工人、膠工、農民等。他們寄望下一代能夠擺脫貧窮的命運，因此，他們認為教育是晉身中上階級的最好橋樑。依凡倫的〈失魂引〉的一段話，大概可以看出華人對子女教育的態度：「我不反對別人說念書是為了識字，但是，我不能讓別人反對我說念書是一種投資。…你念的書越多，你以後所賺的錢當然會越多…」[23]這就是為什麼〈難關〉裡的強叔，雖經濟拮据，也堅持要兒女繼續求學的原因[24]。潘友來〈手指〉裡的豪一心想上大學，父親說：「沒錢就算了，後面又排著一隊弟妹，讀不讀書沒什麼要緊，也是照活一世人。」豪曾經看見父親做生意時遇上執法人員，狼狽逃避的情形，心想：「我們這一代豈能只求過得一世人就算了？」[25]

不想只求過一世人就算的心理，自然而然的在心中潛伏。想盡辦法，用盡努力之後，還是翻不了身時，華人就把希望寄託在橫財

---

[22] 方修《新馬文學史論集》，頁 354。

[23] 依凡倫〈失魂引〉，收入《吾土吾民創作選（小說）》，頁 11。

[24] 奔鳴〈難關〉，頁 32。

[25] 潘友來〈手指〉，頁 77。

上。賭的流行可以看出華人社會欲改善生活的心切。因心的〈稻花季處〉的華叔就把回鄉寄望在福利彩票上，他果然中了獎，不幸的是彩票在火災中燒成了灰，留下了絕望和認命[26]。收萬字票的趙老三所說的一番話，可作為一般人對橫財的觀念：「人無橫財不富，馬無野草不肥，耕一世田也沒有出頭之日，總得憑點財運，發點橫財呀！」[27]韋西〈他的五房式組屋〉裡的汪自德，是個小職員，工作了整十年，終於分配到一間五房式的組屋，為了籌備六千塊的裝修費，他買多多、萬字票等，希望橫財降臨以解決他的問題。他的運氣不好，屢買不中，便向中了兩萬多塊萬字票的金水嫂打劫勒索，誰知錢沒到手，反被警方拘捕[28]。孟沙的〈玉手鐲〉則是寫被幸運之神眷顧的徐凡，中了一家公司舉辦的有獎問答九千元，他利用這筆橫財把十三年前抵押出去的玉手鐲贖回來[29]。

雖然是十賭九輸，但是一成的希望也叫窮怕的人去孤注一擲。根據一九八八年十二月廿五日的《亞洲週刊》，馬來西亞人每年花在賭的費用上有四十億之多[30]。這樣大的數目中又是以華人占了多數。由此可見華人社會中，僥倖觀念的普遍存在，這也說明了華人一般上的經濟拮据，必須有意外之財，才能夠解決他們的拮据。這也可說明並不是所有新馬華人都過著豐衣足食的生活，他們也期待翻身

---

[26] 因心〈稻香季處〉，收入通報社編《圍鄉》，雪蘭莪：通報，1983，頁 143-161。

[27] 因心〈稻香季處〉，頁 155。

[28] 韋西〈他的五房式組屋〉，收入《新馬小說集》，頁 143。

[29] 孟沙〈玉手鐲〉，收入《新馬小說集》，頁 129。

[30] 《亞洲週刊》25:12，1988，頁 45。

的一天。

新馬華人歸屬感的變化

華人，是一個遇土而安的民族，他們永遠都會眷戀養育過他的土地。早期的華人從中國來，自然而然對出生地有著深厚的感情，歷久難忘。同樣的，在新馬出生的華人，也會把生他、育他的土地當作祖國，一心一意效忠它。我們可以毫不猶豫地相信，當國父東姑阿都拉曼在國家體育館高呼三聲「獨立」時，所有的馬來西亞華人也是熱血沸騰，矢志與其他的民族共同去建設一個自主公平的國家。所以五〇、六〇年代，新馬文學的作品中，有很多是讚美民族團結和提倡愛國精神的。從文學作品中，我們可以看出華人社會對國家的期望，也就是說華人願意以容忍的態度和諒解的精神，去對待友族的文化和應有的權利，以達到全民團結的目標。他們認為，建設國家，應是萬眾一心，不分彼此的。

新馬的華人社會歷史、文化相同，對本土的感情也是一樣。一九六五年，新馬分家，兩國的政治方針朝向不同的目標發展，兩國華人對國家的感情也隨著國家政策改變。

獨立後的新加坡，是一個共和國，華人人口占了大部分，在發展上並沒有忽略馬來人、印度人和其他民族的利益，當局給予各民族公平的機會去發展他們的經濟、文化等。與馬來西亞不同的歷史背景是，新加坡早期是移民社會，不同種族的新加坡人都是從外地移民而來的，沒有人可以說是新加坡唯一的主人，也沒有土著地位的爭執存在。比起馬來西亞，新加坡的社會的確單純得多了。在《新加坡共和國華文文學選集‧史料》的導言中說：「人民基於高度的國家認同感，開始尋求國家獨立的存在價值。在國家意識普遍加強之後，勢必逐漸形成本土文化……脫離『馬華』文學形態而朝向『新華』文學形態發展。」[31]大概可以概括一般。

一九六五年之後的新加坡華人，由僑居而定居，由移民而成為新興國度的原始居民[32]，肯定地加速他們對本土的認同，以新加坡人自豪，成為新加坡的成就驕傲。范北羚〈紮實的根〉中存叔鼓勵兒子當兵保衛國家。他看穿日軍侵略新加坡時，「英國的軍隊不戰而降，是因為新加坡不是他們的家鄉。存叔早就想通了，在新加坡住了這麼多年，應當是自己的家鄉了，尤其是得到了公民證書，成為了一個堂堂正正的新加坡人以後，存叔更立定了自己的志向。」[33]孟紫的〈遊子情〉說出了一個留學美國的新加坡青年，一心一意學成回國服務的志向。他體會到流離國外遊子的心酸以及受歧視的憤怒，也只有回到自己的國度，投身建設，才能建立起國家民族的信心[34]。黃孟文〈雲漠萬里〉也是說懂得飲水思源的年輕一代，寧願拋棄舒適的外國生活，回到養育他成長的新加坡[35]。

---

[31] 柏楊編《新加坡共和國華文文學選集‧史料》，台北：時報出版社，1982，頁4。

[32] 《新加坡共和國華文文學選集‧史料》，頁4。

[33] 范北羚〈紮實的根〉，收入《吾土吾民創作選（小說下集）》，頁6。

[34] 孟紫〈遊子情〉，收入《吾土吾民創作選（小說下集）》，頁74-91。

[35] 黃孟文〈雲漠萬里〉，收入《吾土吾民創作選（小說下集）》，頁129-174。

新加坡人對本土的意識在獨立後，更加提升，較之未脫離馬來西亞時，更加肯定自己在建國的角色。新的一代華人生長在新加坡共和國的蔭庇下，出生、成長。他們毫不猶豫地視它為祖國，一心一意與它共同呼吸。反觀馬來西亞的華人，對本土的歸屬感，達到一個高峰後，便不再前進，反而有衰退的現象。

一九六九年五月十三日，是馬來西亞歷史上最不幸的日子，這一天發生了令所有馬來西亞人難忘的種族大暴亂。接著是「新經濟政策」的施行，同時，愛國主義被種族主義壓了下去，民族間也因為經濟上的利益產生衝突，連帶政治、文化、民族的地位也起了爭執。與新加坡相反的，馬來西亞華人的歸屬感在七〇年代開始削弱，種種不利華社的事件發生，使華族獻身國家的熱忱，接連受到挫折。原本是充滿希望的激情，也因為再三的失望而退縮，繼而沮喪。

二十年的新經濟政策進行期中，泱泱大度的華社付出了最大的容忍去支持。然而，這樣的讓步，助長華人權利的消失速度。在政治、經濟、文化、教育、就業等各領域，華人節節敗退，幾乎是到了不能扭轉局面的地步。年輕一代的華人，強忍著不滿，消極地面對政府行政上的偏差和族人本身的怯儒。雅波〈在臀部雕龍的人〉，通過按摩女郎講述一位臀部雕有龍紋的客人，象徵龍族躲在屁股那邊苟且偷生。客人說等大家翻了身，他要把龍雕在寬闊怒張的胸膛上。不久，客人在臀部另一邊多雕上一個大大烏黑的「忍」字，把華人忍的哲學諷刺得體無完膚[36]。

---

[36] 雅波〈在臀部雕龍的人〉，《藍天，逐漸褪色》，太平：閃亮出版社，1988，頁

華人的忍，並沒有使他們苦盡甘來，反而加強當政者的一意孤行。獨大的不被接受（小黑〈前夕〉）、華文招牌事件（雅波〈焚燒一卡車的憤怒〉）、銀行不接受華文支票（雅波〈喂，那人在玩火〉）等，以及近幾年發生外來移民論、效忠問題、三保山風波等等，使講忍的華人失去信心。華人強烈地感覺到文化、經濟的危機，心中產生對民族、國家前途的憂患。他們不再一廂情願地期望民族救星和轉機了，「淪為二等公民的自卑感，有的甚至漸漸失去了生於斯、長於斯的勇氣，而興起候鳥的心態，渴望移居到更多陽光、雨水的地方。」[37]，雅波〈這兒，沒有明天〉說出了華人的悲憤和失望。香港學音樂回馬的陶因一向愛護他的羅校長移居加拿大而覺得奇怪，母親平靜地回答：「要走，趁早，這兒，沒有明天。」[38]、「個人無論如何努力與爭取，都無法獲得應有的成果，而某些人，不費一絲氣力，卻能坐享其成。」[39]

何乃健在〈馬華文學傳達給年輕一代的薪火〉中說：「身處困境的華裔，為了民族自尊與正義，在文學作品中，愈來愈無畏無私地把內心感受流露出來，發出愈來愈強烈的尋根意識，以及要求基本

22。

[37] 何乃健〈馬華文學傳達給年輕一代的薪火〉，收入《第三屆亞華作家會議論文集》，1988，頁 67。

[38] 雅波〈在這兒，沒有明天〉，《焚燒一卡車的憤怒》，太平：閃亮出版社，1987，頁 67。

[39] 雅波〈在這兒，沒有明天〉，頁 74。

民權主義的吶喊」[40]。近年來的小說作者，在作品中含蓄地透露那樣的音訊。雅波〈焚燒一卡車的憤怒〉，寫高國仁把所有的憤怒發洩在焚燒行政人員的車輛上，最後在一次行動中，被發現而投身火堆中燒死[41]。因行政偏差而憤怒的，華社中不只是高國仁一個，面對就業、經濟、文化危機的也是全體華人，特別是受過教育的年輕人，受到衝擊也特別強。小黑〈前夕〉透過一個女大學生的敘述，把華人面臨的困境提了出了。代表妥協、委屈求全的二哥那一派，在大選中敗給力求公平、勇於批評的三哥一派。勝利的三哥一派是否能夠扭轉華人的地位呢？是否會在種族主義與宗教極端主義的壓力下，只能像反對黨那樣作出無力的吶喊，或最終也向當政者妥協呢？作者似乎也不樂觀[42]。

華人在這片土地上生存了幾代，就算是別人抹殺他們對建國的貢獻，懷疑他們、仇視他們、壓迫他們，他們也視自己為國家的一分子。雖然有些人絕望了，移民了，但究竟是少數人。我們不能因為他們移民而懷疑華人對國家的效忠。華人對本土的歸屬感在獨立前後達到最高點，然後漸漸轉弱，是有其內在原因和外在因素的。狹隘的種族主義與宗教思想應是鑄成此現象的主要原因。

---

[40] 雅波〈在這兒，沒有明天〉，頁 146。

[41] 雅波〈焚燒一卡車的憤怒〉，《焚燒一卡車的憤怒》，1987，頁 11。

[42] 小黑〈前夕〉，《南洋商報・小說天地》，吉隆坡，1987 年 6 月 2-6 日。

結 語

從以七〇年代至八〇年代末的短篇小說為據，本文大概談論了新馬華人社會的一些層面，包括反映新本地色彩的文學潮流、華人家庭、經濟和本土歸屬感的演變。新馬文學作品要表現的當然不止是這些，反映的層面極大，探討方面也很多樣化。比如華人文化的沒落（菊凡〈我的伯父傳文〉）傳統價值的消失（雅波〈合作社風暴系列〉）等等，包括內在的隱憂和外在的壓迫，這些都不是本篇小小的論文可以概括的了。

[2008]

八〇年代校園散文所呈現的憂患意識

一、前 言

一九八九年，馬大華文學會文集之三《坐看雲起時》封底的〈宣言〉，可作為本文的序幕：

> 划過歷史的長河之後，涓涓細水應流向浩瀚汪洋。
>
> 然而我們如何在遼闊的兩岸搭起一座橋樑呢？這有待我們以一生的摯愛將綠意嵌入紮根的方土。紮根之後，豐盛的枝頭該往哪一方藍空舒展？或只安於傘下的庇蔭？
>
> 遠航的舵手們，當山窮水盡，你選擇與雲騰空抑或滯留水窮處？或許，我們都應成為逆流而上的涉水者，在水湍風緊的年代颯然前航。[1]

---

[1] 見馬大華文學會編《坐看雲起時·宣言》（馬大華文學會89/90年文集），吉隆

八〇年代是大馬華社憂患意識特強的時代，無論是政治、經濟、教育，或文化，華人的權益如江河日下，維護母語教育和捍衛中華文化的堡壘，一一兵敗如山倒。招牌事件、茅草行動、政府機構行政偏差，華社人人皆能感受到勢不如人，任人左右而無能為力改變的局勢。

八〇年代的華社，充滿頹喪黯然的情緒；作為社會縮影的大專院校，華裔學生不免也有同樣的感受。他們通過正式與非正式的活動，力圖在劣勢中，傳達他們的憂患和期望。

這一個時期，大專院校前所未有的剛好雲集了一批文學愛好者，或結社，或出書，作者之眾與作品之多，造就風氣即盛的校園文學。處於風起雲湧的時代，在他們的作品中，也不免反映出社會的不安的面貌和人們焦慮的情緒。

校園文學所表現的題材多樣，從個人的風花雪月到大我精神的作品皆有。而最能夠和八〇年代脈搏相應扣的，便是本文所要討論的民族文化憂患意識。在各種文體中，散文是大專院校生擅長且成績不菲的一環，因此本文專以八〇年代的校園散文為對象[2]，探討其中所呈現的憂患意識。

坡：馬大華文學會，1991封底。

[2] 在籍大專生出版合集和個人專集的風氣始於一九八五年，即是散文合集《青色的衝激》，由麻坡朋友出版社出版。此後，書出不斷。但大專生創風氣卻早在一九八五年之前，本文引文來自已出版的書籍和雜誌，皆在八五年之後，但所收集文章，部分是八五年之前散見報章的創作。

二、淑世情懷和文化使命

八〇年代期間，馬華文壇出現許多具有憂患意識的作者，其作品中常常帶有「孤憤」的情緒。溫任平在祝家華的《熙攘在人間》序文中，提到所謂「孤憤」之情，非八〇年代獨有，而是出自於作者「看到社會不合理的現象，有感而發的不平之鳴，字裡行間恆彌佈著一份淑世的關懷。也許由於作者意識到一己力量之有限，匡扶乏力，因此下筆行文格調偏於低沉，帶點孤憤意味」。溫氏又說：

> 這種孤憤之情，我並不陌生，因為家華的感受我也曾感受過。而在我早年的散文如〈暗香〉、〈朝芴〉篇有曾用另一感性形式表達過。我甚至要說，溫瑞安的〈龍哭千里〉、何啟良的〈那一抹眼神〉、方昂的〈烏權〉、游川的〈蓬萊米飯〉、傅承得的〈趕在風雨之前〉，加上祝家華、辛吟松、何國忠諸子近年來的作品，寢寢乎已足於形成馬華文學另一個獨特的憂患意識傳統。這些作家關心民族處境、國家命運，文化使命感強烈。[3]

從溫序中，我們大致上可以看到憂患之所以籠罩八〇年代文壇，是出於那時代的作者具有淑世的關懷，他們為不公平現象而憤怒，也為民族的權益和文化的傳承憂慮。由於不甘於現狀，心生「孤憤」之情；由於憂慮，行文不免有意識地注入沉痛的感情，以低沉的語調敘述族人的當前狀況，表達內心憂慮如焚，心痛如絞的感覺。這

---

[3] 溫任平〈懷念一個江湖的遊離與溫馨〉，收入祝家華《熙攘在人間》，吉隆坡：十方，1992，頁5-6。

種感情不只是在校園文學中顯現，實際上整個八〇年代的馬華文壇，都瀰漫著如此具有壓抑性的情緒[4]。

溫在文中所提到的幾位作者，都具有作為知識份子的文化認知感，處於多變的年代，他們站在「關心民族處境、國家的命運」的立場，為命運多舛的大馬華人社會發出痛心疾首的呼聲。他們不但有深厚的文化根基，也備有感性的文學素養，作品中顯現出一股大我的「文化使命感」。

這種從個人的感知，引發出來對民族前途、文化危機、社會現象關心的情感，形成八〇年代馬華文學作品中獨特的「憂患」意識。而八〇年代的校園文學作者，良好的教育與惡劣的處境，很容易地讓他們與這一股意識達至共鳴。大專法令嚴格的限制，並不能阻止他們以文學的方式來表達內心的不滿和悲憤。

何國忠在一九八八年馬大華文學會文集《長廊迴響》中，以顧問身分發表的〈時代的眼睛〉，分析大專生憂患情緒的產生，和在文化覺醒方面的歷程：

> 十多二十年來在經濟、政治、教育等方面的節節敗退，華人的心理普遍上都存在著非常強烈的挫折感。大學生也看書讀報，對於外面的事不可能說是毫無知覺的。他們是社會的一份子，自然也很了解人民的生活，關心他們的希望和痛苦。我們常說大學是社會的縮影，這一句話一點都沒錯。在社會

---

[4] 除溫序中提到的何啟良、方昂、游川、傅承德、祝家華、辛吟松、何國忠外，尚有小曼、鄭雲城、唐珉等人，創作量極豐。

> 中所發生的一切事，裡面幾乎也在發生著。外面有行政偏差的事年，裡頭一樣也不能倖免；外邊有種族兩極化的現象，裡頭照樣不能避開。因此華社中一切不如意事，大學生是能心領神會的。[5]

此文的小標題為，「以馬大華裔生為例談大學生自覺的問題」，文中所提自然以馬大的現象為主。但民族文化是與整個社群水乳交融，難以分開的，校園外面的社會固然如此，馬大和其他的大專院校也是如此情況[6]。大學生意氣風發，對自由民主充滿熱情，希望能夠在學期間，締造公平自主的社會。但是，大學行政上的偏差、大學裡種族的兩極化，讓他們面對錄取學生的固打制、及格分數不同標準、文化活動的阻礙，以及語言運用的限制等等，一一打擊華裔大學生的信心，使他們從積極變成消沉。

何國忠在另一篇文章中提到他在大學期間，所看到的一般大學生的心理和社會的巨變息息相關。他說：「根據我的觀察，大半早熟又有理想的年輕人的成長過程都是在憂患、挫折、不滿、迷茫中交集而成」[7]。這些年輕人擠入大專院校之後，以為學術環境可以給他

---

[5] 何國忠〈時代的眼睛——以馬大華裔生為例談大學生自覺的問題〉，收入馬大華文學會編《長廊迴響》，吉隆坡：馬大華文學會，1988，頁13。

[6] 本文題為「校園散文」，實際上接下所討論的，卻以馬大的散文創作為主，並非其他大專沒有作品，而是馬大的文學風氣最盛，作品較多，水準也較高，可讀可引用的比例也比較高。

[7] 何國忠〈論大學生的思想困境〉，收入馬大華文學會編《馬大人》，吉隆坡：馬大華文學會，1991，頁1。

們實現理想的機會，誰知他們的理想卻在現實的環境下受挫。

如同大部分有理想的學生一樣，校園作者群中也產生對現實的不滿以及對前景的迷茫，促使他們在思想方面的探索，也是許多校園文學作者創作的原動力。

三、民族危機與文化覺醒

比起同期的大專生，校園作者對於教育弊病和政治狀況，有著敏感的觸覺。他們在求知的過程中，更渴望能夠找到思想的出路。他們看到許多同學，對不平的現況麻木不仁，對民族的困境無動於衷，而心生憤慨。

大學教育原本有著提升思想深度的功用，但許多大學生表現得隨波逐流，只求一紙文憑，不作文化上的思考和進修。夏紹華在〈生命不留空白〉一文中，對自己的生命有一定的認識之餘，也提出對大學教育是否發揮功用的質疑：

> 「……所以我感到悲哀，失望，對這一群迷失、貧乏的大學，不禁使我對當今的教育制度感到迷惘，是哪兒出錯了，是那哪兒不妥當，誰又嚴謹認真地質問過呢？」[8]

當然，這批校園作者並不停在迷惘和失望的情緒中，他們積極參與校園文化活動，努力創作，了解本身在社會上的定位，更重要的是

[8] 夏宇舒（夏紹華）〈生命不留空白〉，收入馬大華文學會編《大專青年系列之二：飛向九十年代》，吉隆坡：吉隆坡暨雪蘭莪總商會，1989，頁75。

他們對民族危機的關心，以及對文化方面的省思。

陳鐘銘的〈魔的延伸〉寫的是當時華社的困境和本身對文化傳承的省覺，讓我們看到一個華裔大專生在求學過程中，有著怎樣的理想：

> 跑著，跑著，似乎越跑路越長，也似乎越跑越無路。我的路呢？我的小徑哪裡去？沒有人回答，只隱隱約約的見到野草在前頭的、隱約可辨的小徑上狂野的在滋長，在冷笑。我的恐懼使我感到自己必須在它們抹去之前離去。我不能讓這些野草淹沒小徑、淹掉我的信心和勇氣。[9]

文中所提到的「野草」和「路徑」分別指惡劣的環境和民族文化路向。野草性惡和侵略性，有計畫性地大舉淹沒了族人前輩走出來的小徑，作者循著前人方向追隨在後，然而野草生長速度太快，以致淹沒了小徑，作者一時找不到他應走的方向。在慌張迷失的時候，作者恐懼前人的足跡就此絕滅，作者心中雪亮，絕不能讓「野草淹沒小徑、掩掉信心和勇氣」。這種繼迷失後「覺醒」，有意識地以傳承文化為使命的主題，是校園文學表現的特色之一。

校園文學的作者基本上是有意識地把「使命感」帶入作品中的，他們將生活中的所見所感，有意無意間與華社當前局勢掛勾，表層是說景物，實際是另有所指。讀八〇年代的校園文學或馬華作品，讀者需掌握八〇年代的時事知識，才能夠將他們的作品作準確的詮

[9] 陳鐘銘〈魔的延伸〉，收入馬大華文學會編《第四屆全國大專文學獎專輯》，吉隆坡：馬大華文學會，1990，頁25-26。

釋，探知其中含有暗示比喻的成分。

林幸謙的作品以晦澀但意象飽滿見稱，他常將文化感和憂患意識帶入文章。如在〈大地無告〉這篇散文中，他這樣寫眼前的河水：

> **一條河流在大橋底下的亂石間奔騰，向著雨霧和野煙處嘩嘩激滾，以墾荒的精神，唱起山林的暮曲，在野岩亂木間覓一條出山的方向，便毫不猶豫的往南中國海洋的方向前進；這一去，恐怕永遠都不能回返大陸了。**[10]

描寫河水之餘，又「忍不住」借題發揮一番，是林幸謙作品的特色。他將一去不回頭的河水，隱喻早期南來的中國人，航向南中國海的時候，便有心理準備斷了中國大陸之心。他們化身南洋華人，在異鄉土地上披荊斬棘，開墾土地，把異鄉視為國土的精神。此篇散文全篇皆是如此「情景交融」的寫法，借回家鄉（作者出生地）的路程，入眼所見皆是大好山河，強調大馬華人對土地的熱愛，但不受承認為土地之子的悲憤。文中每一場風景都另有對民族危機、文化沒落、國家認同的省思，全篇的民族文化意識非常明顯。

有意識性將文化憂患寫入作品中的情況，在這時期的校園文學作者群中，比比皆是。有的直抒，有的暗喻。比如陳湘琳在〈有一種聲音〉中，與音樂，又與文化掛勾，寫來情感深沉又令人深思，文化的使命感不能說不強烈的：

> **他們說音樂是一個浩瀚無垠的空間，不輟的心志卻絕對是種**

---

[10] 林幸謙〈大地無告〉，收入潘碧華編《讀中文系的人》，雪蘭莪：澤吟，1988，頁65-70。

> 流電，可以一寸一寸的流過、穿過、越過歷史的距離，把空間充實豐富起來。（那麼我們是不是也可以把文化、以關懷、以及對祖國的大愛，一寸一寸地收拾我們散落零碎的舊山河呢？）
>
> 有一種聲音就是這樣響起來的，老師。在走路的時候，在一大群朋友爭論執著不願輕易放棄的時候突然響起來。也許不怎麼鏗鏘，但卻是清清晰晰的。像您呵，老師，像您訴說我們的先輩們，怎樣願意以生命和血汗，作上一代的見證——我們亦希望，我們會是這一代的聲音——可以是古箏，可以是二胡，可以山高流水，或者也可以是躍馬奔騰。[11]

「歷史」、「文化」、「祖國」、「山河」、「執著」、「不輕易放棄」、「先輩」、「生命」、「血汗」、「見證」等，都是憂患意識強烈的文學作品中常用的字眼，表明這一代的華裔子弟渴望受到承認和落地生根的願望。

再如何國忠的〈登山感懷〉，寫於「三保山事件」之後。徵山發展的風波雖已平息，但登山時還是不免引發文化危機的感懷，和內心的隱憂：

> 眼前所見，只是墓塚處處，雜草叢生，偶見變色龍、蛇鼠類從前面跑過。眺眼遙望，天色茫茫，使我對民族事業前景的黯淡而感到觳觫徬徨。[12]

也許環境壓力，無時無刻困擾著大學生的思維。於是，不管虛實，

[11] 陳湘琳〈有一種聲音〉，收入《飛向九十年代》，頁93。

[12] 何國忠〈登山感懷〉，收入《青色的衝激》，柔佛：朋友，1986，頁42。

無論動靜，觸目皆與民族文化有關。這是許多具憂患意識的校園作者的自然反應，也是共相。

由於有意識的呈現憂患，有些作品就不能顧及情景交融，在文章轉折上，不免讓人看到明顯的刻意帶出憂患的痕跡，造成這些文學作品使命感雖然飽滿，美中不足的是，文學性無形中就被削弱許多。

四、風雨飄搖與山雨欲來

八〇年代的大專生在思想上，還深受七〇年代的大專法令的桎梏，陰影所及，連文學的表現力也為其所制。加上八〇年代「茅草行動」大逮捕的震撼，許多作者都不敢向宗教、文化、政治敏感課題挑戰。偏偏在八〇年代的大馬國土上，最具爭論性的，除經濟問題外，就屬宗教文化和政治課題。

為了不觸法律的禁忌和自保，各種象徵的符號大量的在文學上運用，以避開法律的羅網，而且又可宣洩內心的不滿和悲憤。其中，「風雨」和「燈火」是大專文學中常出現的象徵符號。

八〇年代，許多不利於華教的政策實行，如華文招牌事件、華小高職不諳華語事件，華文不列為中學會考必考科目事件等，使政治立場已告分裂的華社雪上加霜。外在的壓力，內在的憂患交加，華社進入「風雨飄搖」的時代，文化危機更見明顯。

校園作者慣於用「風雨」比喻週遭的壓力，泛指不利於華社的政策，無處不在，無時不伺機壓境而來。作為常受「風雨侵襲」的一員，校園作者時時表露出「山雨欲來風滿樓」的憂慮，語調不無準備面對「風雨摧殘」的悲壯。他們感嘆「風雨的無情」，也悲嘆「風雨的強暴」，壓迫在馬來西亞土地上無「擋風遮雨」的子民。比如以下這些「風雨交加」的文字：

> 在這麼一個安靜的世界裡，即有綠色的土地，也有灰色的大海，而走在長長路上的人群，只要盡過心力，每個人原都有權力分享這沿路的富足喜悅。是不是這樣的呢？（儘管落著雨刮著風，烏雲在海上壓得海色變灰：一片灰色遼闊的大海）[13]

> 我不期然的想起國家的民主、自由、人權……這些人類浴血奮鬥的來共同價值，在新的抗議浪潮中浮沉、搖擺，就像中華民族在這塊土地上以血汗建立的家園，在風雨飄搖中不知往哪裡去……[14]

> 用過晚餐後，雨也停了。人家常說，愈是急促猛烈的風雨，就會愈快停止。可是，在這塊同是用血汗賺取生活資本，卻獲得不同待遇的土地上，那時時摧毀所謂次等民族尊嚴的強暴風雨，它又將會到何時才能停止呢？[15]

---

[13] 陳湘琳〈人在風雨中〉，收入馬大華文學會編《有一座山》，吉隆坡：馬大華文學會，1989，頁68。

[14] 祝家華〈江山有待〉，《熙攘在人間》，吉隆坡：十方，1992，頁27。

[15] 黃秀美〈那個午後的心情〉，收入《讀中文系的人》，頁59。

> 如果說大學是一座象牙塔，那麼我們就是活在風雨屋檐下的一群。在憩靜的圖書館裡，當我正在知識海洋裡徜徉時，窗外偶而傳來雷雨聲，霎那內心的掙扎就如划過長夜的電光，時長時短，忽明忽滅，曲折而深刻。[16]

風雨之下，即使是安身在象牙塔中，也感受到風雨的威力。大專生一邊沉醉於風景優美，浩瀚書海之中，一邊接收來自校外的訊息。耳中所聞，眼中所見，親身所遇，無不叫他們憂慮難受。

所幸他們都是有機會通過學術的訓練，對文化的沒落、民族間的衝突、國家的前景，都能作出深刻的省思。他們對於「風雨」來襲的目的洞悉分明，因此憂患暗生。

大學裡行政的偏差，對非土著的不公平待遇，關於母語教育的運用以及有關文化活動受到的壓制，形成大專生不衡的心理。他們質問不公平的原由，他們自認已經把本土當作故鄉，卻得不到身分上的承認；他們因此感到無助和茫然。

但是，他們並不因此逆來順受，沉默地接受一切。在行動上他們是消極的，像他們在校園外的族人，在各種可以致人於牢獄的法令之下，成為敢怒不敢言的一群；在思想上，這一批受過大專教育的年輕人，努力地通過文字，紀錄了他們年代不公平的現象。

---

[16] 余月美〈這是一種怎樣的心情啊〉，收入潘碧華等合著《只在此山中》，雪蘭莪：澤吟，1989，頁11。

五、憤怒控訴與薪火傳承

風雨雖大，許多作者內心更熾熱，抗衛文化之心形成一股風氣。這一類作品可以大量地在已結集的校園文學中看到，如當時大專生自組的澤吟書坊和文采出版社，便出版了一系列校園叢書，各大專華文學會出版的文集，這種憂患意識處處可見。我們甚至可以說，憂患意識是促使他們寫作、出書的重要動力。

馬大文集之三的《有一座山》，便是帶著這樣的使命感為出發點，此文集的序中的以下這一段話，可以作為他們的「使命」明證：

> 我們心中其實都有一座山。一座山在我們心頭重重壓著。當我們站在山上遠眺，看著我們許許多多的史實在我們腳下任人踐踏，再如雲霧飄散流失的時候，你甘心嗎？[17]

這時期的大專生，在憂患意識抬頭的大前提下，對本國的政治局勢、文化危機、種族兩極化、民主真諦有了深一層的認識。他們不再為表面上的和諧現象、團結一致所迷惑，而要求政府更誠意的改革。

以固打制大學錄取新生的不公平制度，造成許多有資格的華裔子弟望門興嘆。進入大學之後，校園作者看到許多成績遠遠不如他們的異族同學，充斥大學校園，自己慶幸之餘，忍不住為自己的同胞打抱不平，莊松華在〈風雨之路〉中如此控訴：

> 想到還有千百個充滿報復和理想的學子被拒於門外，心中若有所失……你能說還不是命運在作弄人嗎？多少人望穿秋

[17] 〈序．歷史等著我們去創造〉，《有一座山》，頁2。

水，望斷天涯。望瘦了日日經過家門的灰衣使者，結果該來的不來，不該來的卻來了。多少人申請了又申請，上訴了又上訴，最終還是一場空。都說了等待是永恆的答覆，都說了名額有限的固打制度是不可能改變的，都說了龍遊淺灘被蝦戲。仰天望天，陽光已燦爛。是的，陽光燦爛。[18]

也有看到校園裡面出現如校園外的種族對抗，彼此之間的隔閡和成見，在校園生活中更顯而易見。感於不應該在高等學府出現的愚昧現象，在馬大的許育華在〈抹盡一路的血淚〉寫道：

我在這片清幽的校園來去三年，無助也眼看種族關係惡化的趨勢不停加遽。在大多數的情況下，每個種族的大學生都趨向自我群居；即使不可避免的碰面了，也往往視對方而不見，態度冷漠。可是，事情本來就是這個樣子嗎？

歷史告訴我們，許多人類的紛爭無非都因此而起，可是老百姓之間究竟有什麼仇恨呢？許多時候，都是因為我們愚昧無知，慘遭野心政客的任意擺佈，結果，淪為他們登上仕途的晉身階。[19]

在理大，種族的偏見和歧視也不遑多讓。原以為高級知識份子會有更寬闊的胸襟，來看待民族與國家問題，但是現實與理想往往背道而馳，祝家華在他的散文〈憂憂綠水〉中，表達了他的憂慮：

讓我們回頭看看大學這家園，原本是追尋真理、學術、知識

[18] 莊松華〈風雨之路〉，收入《長廊迴響》，頁72。

[19] 許育華〈拭盡一路的血淚〉，收入《長廊迴響》，頁12。

> 的地方，如今卻是培養極端的種族宗教份子的溫床。就好比小學到大學，我們都被教導祖國是三大民族的國家，但是到了大學，我門精誠團結爭取獨立合作精神似乎被遺忘了，代之的是無數的種族偏見、歧視。[20]

在這些作品中，內容血淚交加，訴盡族人內心的悲憤，除此之外，連題目也取得異常的悲壯，為族人不公平的待遇而鳴，為自身文化的多波折而吶喊，為四分五裂的社群而悲痛。他們希望族群能夠團結，寄望各政要為族人爭氣，力求文化尊嚴得以建立，更渴望前人在這塊土地上披荊斬棘的歷史受到承認。

另一方面，他們也把關心放諸國家上，他們渴望民主、言論自由、種族和諧、在各領域裡得到自由競爭的機會，做一個頂天立地，真正的馬來西亞人。禤素萊的〈沉吟至今〉，便是要傳達這樣的訊息。

〈沉吟至今〉是參加大專文學獎作品，在決審的階段，曾引起評審員的爭論。作者以激烈的感情，吶喊出身為馬來西亞人卻不受承認的憤恨。天安門六四事件時，她在歐洲，看當地中國人和外國人的遊行，作者想到的是在大馬發生不利華人的政策，她質問華文招牌事件、華小不黯華語高職事件、民主與大專法令等在大馬問題。文中的作者感於自己一心一意要成為大馬人，卻不如願的悲哀。當外國人問她身為中國人，六四悲劇令她傷心與否時，她說她「默默的看著前面舉標語而過的人群，感情失落在不知的方向」，然後她再

[20] 祝家華〈憂憂綠水〉，《熙攘在人間》，頁147。

次、一字一句的答：「I am not a Chinese！」[21]。那是非常觸目驚心的咆哮，非常有震撼力的一篇佳作。

可惜大專文學獎評審委員基於觸及敏感原因，不便讓此〈沉吟至今〉獲獎。所幸該篇文章做後獲得第三屆花踪散文推薦獎，不致滄海遺珠。

內憂外患，固然叫許多校園作者憂慮，同時也刺激他們維護文化的決心。「風雨」越大，抗衡之心越熱。在八〇年代，馬大中文系的學生一度達到頂峰，與這種傳承文化的意識不無關係。馬大中文系學生出版的一系列作品中，傳承薪火的意識非常強烈，他們都有意識地將傳承文化當作己任。邱美珠的〈讓煙和火傳承下去〉，正是表達這類感情：

> 長久以來，我們一直都在接受所謂優秀文化的薰陶，但我們的心到底能不能像火一般的不停燃燒呢？我不知道。我只知道我們該做好是把這煙和火繼承下來，再把它綿綿不斷的傳下去，直到子子孫孫……[22]

和「風雨」的作用一樣，「煙火」、「燭火」和「燈光」都是文章作品中常用的意象。「風雨」來襲會把「煙火」和「燈光」撲滅，「傳燈」成了一種傳承文化的儀式，也成了大專文化團體的信念。潘碧華的〈傳火人〉，把「中文系之夜」與傳承文化連結在一起，表達堅決的信念：

---

[21] 禤素萊〈沉吟至今〉，《吉山河水去無聲》，吉隆坡：佳輝，1993，頁24。

[22] 邱美珠〈讓煙和火傳承下去〉，收入《只在此山中》，頁71。

> 我已經記不得其他同學接過燭火的表情了，只記得大家的靜穆和激動，還有酸楚。明明我們只是在傳遞我們應傳的燭火，卻要加上一個委委曲曲的手勢，風應該是沒有機會越進來的呀！[23]

八〇年代的校園作者不甘於文化活動受到各種限制，他們在創作之餘，也積極參與推動校園文學活動。他們結社，辦文學活動、大專文學獎等，能夠看到中文和方塊語言在校園裡突圍而出，是他們最感到欣慰的事。

林添拱的〈一次歡愉的經驗〉便是寫出在馬大，可以看到揮春、文學雙週等中文性質的活動的興奮：

> 有一次，有中文字的宣傳海報貼在每一個學院的佈告欄上。有時候，從數學系的山丘走過來，經過早晨陽光可以曬到的理學院佈告欄上，看到圍觀的人群，我總是想：應該是這樣的啊！在馬大內我們退守到一角了，但我們是不甘於蟄伏的。[24]

八〇年代的校園作者有意識地將民族文化、國家社會和自己的思想結合，以文字，發出八〇年代年輕一輩的心聲，有憤恨有寄望，風雨之後，那是非常珍貴的材料，值得馬華文學研究者重視。

---

[23] 潘碧華〈傳火人〉，《傳火人》，雪蘭莪：澤吟，1989，頁144。

[24] 林添拱〈一種愉悅的經驗〉，收入《第一屆全國大專文學獎專輯》，檳城：理大華文學會，1987，頁32。

六、結 語

校園文學中的憂患意識在八〇年代下半年達到頂峰，進入九〇年代，憂患意識又有怎樣的發展呢？

步入九〇年代，大馬當權政府對中國和華人社會的政策有了改變。華人文化在這大氣候下，有了比較寬闊的發展空間。政府察覺，經濟效益明顯的比種族對抗更容易獲取人民歡心。

隨著政府政策轉變，經濟好轉，九〇年代的華社，憂患漸減，悲憤日淡，取而代之的是講求個人前途與經濟物質的保障，大專院校的學生意識也跟著這條經濟的路線改變。

另一方面，九〇年代的世界，轉而重視比民族、國家更為宏觀的課題，和平和環保更令人類關心。這種轉變也在馬來西亞出現，傳媒給予大篇幅的報導，作為「時代的眼睛」大專生，也不能避免地思考地球存亡和人類幸福的宏觀課題。

進入九〇年代，憂患意識不再是校園文學的主調，雖然如此，在八〇年代熾熱的憂患意識，在九〇年代初期還是獲得延續。當政策有了轉機，外患似乎漸遠的時候，內憂反而日益擴散。

一九九二年出版的馬大中文系學生的散文合集《鍾情11》，還可以看到憂患的成分，黃益村在他的作品〈峇峇情懷〉中這麼的擔憂：

> 四周非常寂靜，但檯燈仍舊亮著。在四周黑黝黝的映襯下，檯燈的光芒顯得那麼微弱渺小。我突然覺得恐懼，眼看著越來越多的家長不願送子女進華校；眼看著我們將舞獅為唯一

> 的文化，會不會我們已開始步上另一條峇峇之路？[25]

在九〇年代初期的校園作者，看到的是另一種隱憂，他們並沒有因眼前華文教育的光景大好，而自我陶醉。他們了解到族人重經濟輕人文的觀念，在不久的將來，將引發另一次的文化危機。

從八〇年代大專生的「孤憤抗衛」，到九〇年代的「低迷無助」，是一個值得注意的轉變。讓我們再度來看屬九〇年代校園作者的劉敬文怎麼說：

> 紅塵的撩亂因為對社會、文化的體會越深而擴大，續而覺得肩膀的無力和軟弱。在高談論闊中，我們皆感功利氣息充塞如黃沙漠漠，而眾人皆沉睡在狂流洶湧中。雲開之前，我們雖有信心，但恐懼並未遠離。還好我們還能執筆，低回心頭的鬱結，勝於把荒流困罩心頭，裝聾作啞，無疾而終。[26]

最能體現八〇年代憂患意識的校園文學，來到九〇年代，隨著時代的轉變，失去了澎湃的氣勢。即使是馬大中文系學生的作品，也少有描述憂患的情緒了。一九九二年出版的中文系師生合集《那人卻在燈火闌珊處》，除了少數幾篇觸及文化、民族課題，大部分作品類容傾向親情友情的描繪[27]，與八〇年代出版的《讀中文系的人》和《只在此山中》的內容呈現有很明顯的區別。

文學作品中的憂患意識，歷史久遠，既不是始於八〇年代，也

---

[25] 黃益村〈峇峇情懷〉，收入《鍾情11》，吉隆坡：李志成出版社，1922，頁56。

[26] 劉敬文〈絮語二則〉，收入馬大華文學會編《文學多重奏》，吉隆坡：馬大華文學會，1991，頁59。

[27] 見何國忠編《那人卻在燈火闌珊處》，吉隆坡：佳輝，1992。

不會絕滅於八〇年代，這種優良的傳統還是會繼續傳承下去。

[1998]

本卷作者簡介

潘碧華，一九六五年生於馬來西亞吉打州居林，祖籍廣東肇慶高要，畢業於馬大中文系、馬大中文學碩士，二〇〇五年北京大學古代文學博士。先後在馬來西亞《星洲日報》和《光明日報》任職，現為馬來亞大學中文系副教授兼主任，馬來西亞華文作家協會副會長。研究專業為唐宋詩詞以及馬華文學。文學著作有：《傳火人》（1988）、《我會在長城上想起你》（1998）、《揚眉女子》（1999）、《誰在夜裡敲鑼》（1999）、《錯過站的時候》（2000）、《馬大開門》（2001）和《當年沒見到你》（2002）、《在北大看中國》（2005）、《怕見老師》（2016）。學術著作有《馬華文學的時代記憶》（2009），發表多篇學術論文於各國期刊及收錄各種合集。